I0613481

LA

RELIGIEUSE.

Quelle grace faut-il demander à Dieu.

LA RELIGIEUSE,

PAR DIDEROT.

TOME DEUXIÈME.

A PARIS,

Chez $\left\{\begin{array}{l}\text{LE PRIEUR, Libraire, rue}\\\text{de Savoie, n}^{\text{o}}. \text{ 12.}\\\text{BARBA, rue des Arts, n}^{\text{o}}. \text{27.}\end{array}\right.$

DE L'IMPRIMERIE D'ANDRÉ.

AN CINQUIÈME. (1797, v. st.)

LA RELIGIEUSE.

J'ARRIVAI dans l'église. Le grand-vicaire y avoit célébré la messe ; la communauté y étoit assemblée. J'oubliois de vous dire que quand je fus à la porte, ces trois religieuses qui me conduisoient, me serroient, me poussoient avec violence, sembloient se tourmenter autour de moi, et m'entraînoient les unes par les bras, tandis que d'autres me retenoient par derrière, comme si j'avois résisté, et que j'eusse répugné à entrer dans l'église; cependant il n'en étoit rien. On me conduisit vers les marches de l'autel, j'avois peine à me tenir debout, et l'on me tiroit à genoux, comme si je refusois de m'y mettre;

on me tenoit comme si j'avois eu dessein de fuir. On chanta le *veni Crea-
t r*, on exposa le saint-sacrement,
on donna la bénédiction. Au moment
de la bénédiction, où l'on s'incline
par vénération, celles qui m'avoient
saisie par les bras, me courbèrent
comme de force, et les autres ap-
puyoient les mains sur les épaules.
Je sentois ces différens mouvemens;
mais il m'étoit impossible d'en devi-
ner la fin; enfin, tout s'éclaircit.

Après la bénédiction, le grand-vicaire se dépouilla de sa chasuble, se
revêtit seulement de son aube et de
son étole, et s'avança vers les marches de l'autel où j'étois à genoux;
il étoit entre les deux ecclésiastiques,
le dos tourné à l'autel, sur lequel le
saint-sacrement étoit exposé, et le
visage de mon côté. Il s'approcha de
moi et me dit : sœur Suzanne, levez-
vous... Les sœurs qui me tenoient,
me levèrent brusquement ; d'autres

m'entouroient et m'avoient saisie par le milieu du corps, comme si elles eussent craint que je ne m'échapasse. Il ajouta : qu'on la délie... On ne lui obéissoit pas, on feignoit de voir de l'inconvénient ou même du péril à me laisser libre ; mais je vous ai dit que cet homme étoit brusque, il répéta d'une voix ferme et dure : qu'on la délie... On obéit. A peine eus-je les mains libres, que je poussai une plainte douloureuse et aigue qui le fit pâlir, et les religieuses hypocrites qui m'approchoient, s'écartèrent comme effrayées. Il se remit, les sœurs revinrent comme en tremblant ; je demeurois immobile, et il me dit : qu'avez-vous ? Je ne lui répondis qu'en lui montrant mes deux bras ; la corde dont on me les avoit garottés, m'étoit entrée presque entièrement dans les chairs, et ils étoient tout violets du sang qui ne circuloit plus, et qui s'étoit extravasé ; il conçut que ma plainte venoit de la douleur subite du sang qui reprenoit son cours. Il dit : qu'on lui lève son voile.,... On l'avoit cousu en différens endroits sans que je m'en apperçusse , et l'on apporta encore bien de l'embarras et de la violence à une chose qui n'en exigeoit que parce qu'on y avoit pourvu. Il falloit que ce prêtre me vît obsédée , possédée ou folle ; cependant, à force de tirer , le fil manqua en quelques endroits , le voile ou mon habit se déchirèrent en d'autres , et l'on me vit. J'ai la figure intéressante; la profonde douleur l'avoit altérée , mais ne lui avoit rien ôté de son caractère ; j'ai un son de voix qui touche, on sent que mon expression est celle de la vérité. Ces qualités réunies firent une forte impression de pitié sur les jeunes acolytes de l'archidiacre ; pour lui, il ignoroit ces sentimens ; juste , mais peu sensible, il étoit du nombre de ceux qui sont assez malheureusement nés pour pratiquer la vertu sans en éprouver la douceur; ils font le bien par esprit d'ordre, comme ils raisonnent. Il prit la manche de son étole, et me la posant sur la tête, il me dit : sœur Suzanne, croyez-vous en Dieu père, fils et Saint-Esprit ? — Je répondis : j'y crois. — Croyez-vous en notre mère la sainte église ? — J'y crois. — Renoncez-vous à Satan et à ses œuvres? — Au lieu de répondre, je fis un mouvement subit en avant, je poussai un grand cri, et le bout de son étole se sépara de ma tête. Il se troubla, ses compagnons pâlirent; entre les sœurs, les unes s'enfuirent, et les autres qui étoient dans leurs stalles, les quittèrent avec le plus grand tumulte. Il fit signe qu'on *se rapaisât*; cependant il me regardoit, il s'attendoit à quelque chose d'extraordinaire. Je le rassurai en lui disant: monsieur, ce n'est rien; c'est une de ces religieuses qui m'a piquée vivement avec quelque chose de pointu ; et levant les yeux et les mains au ciel, j'ajoutai en versant un torrent de larmes : c'est qu'on m'a blessée au moment où vous me demandiez si je renonçois à Satan et à ses pompes, et je vois bien pourquoi. Toutes protestèrent par la voix de la supérieure, qu'on ne m'avoit pas touchée. L'archidiacre me remit le bas de son étole sur la tête, les religieuses alloient se rapprocher, mais il leur fit signe de s'éloigner, et il me redemanda si je renonçois à Satan et à ses œuvres, et je lui répondis fermement : j'y renonce, j'y renonce... Il se fit apporter un christ et me le présenta à baiser, et je le baisai sur les pieds, sur les mains et sur la plaie du côté. Il m'ordonna de l'adorer à voix haute; je le posai à terre, et je dis à genoux : « mon Dieu, mon Sauveur, vous qui » êtes mort sur la croix pour mes pé- » chés et pour tous ceux du genre hu-

» main, je vous adore, appliquez-moi
» les mérites des tourmens que vons
» avez soufferts ; faites couler sur moi
» une goutte du sang que vous avez
» répandu, et que je sois purifiée. Par-
» donnez-moi, mon Dieu, comme je
» pardonne à tous mes ennemis.... » Il
me dit ensuite : faites un acte de foi...
et je le fis. Faites un acte d'amour...
et je le fis. Faites un acte d'espérance... et je le fis. Faites un acte de
charité... et je le fis. Je ne me souviens
point en quels termes ils étoient conçus, mais je pense qu'apparemment
ils étoient pathétiques , car j'arrachai
des sanglots de quelques religieuses ,
les deux jeunes ecclésiastiques en ver-
sèrent des larmes ; et l'archidiacre
étonné, me demanda d'où j'avois tiré
les prières que je venois de réciter. Je
lui dis : du fond de mon cœur, ce
sont mes pensées et mes sentimens ;
j'en atteste Dieu qui nous écoute par-
tout, et qui est présent sur cet autel.
Je suis chrétienne , je suis innocente ;

si j'ai fait quelques fautes, Dieu seul les connoît, et il n'y a que lui qui soit en droit de m'en demander compte et de les punir... A ces mots, il jetta un regard terrible sur la supérieure.

Le reste de cette cérémonie, où la majesté de Dieu venoit d'être insultée, les choses les plus saintes profanées, et le ministre de l'église bafoué, s'acheva, et les religieuses se retirèrent, excepté la supérieure, moi et les jeunes ecclésiastiques. L'archidiacre s'assit, et tirant le mémoire qu'on lui avoit présenté contre moi, il le lut à haute voix, et m'interrogea sur les articles qu'il contenoit. Pourquoi, me dit-il, ne vous confessez-vous point ? — C'est qu'on m'en empêche. — Pourquoi n'approchez-vous point des sacremens ? C'est qu'on m'en empêche. — Pourquoi n'assistez-vous ni à la messe, ni aux offices divins ? — C'est qu'on m'en empêche. — La supérieure voulut prendre la parole,

il lui dit avec son ton : madame, taisez-vous... Pourquoi sortez-vous la
nuit de votre cellule ? — C'est qu'on
m'a privée d'eau, de pot-à-l'eau et
de tous les vaisseaux nécessaires aux
besoins de la nature. — Pourquoi en-
tend-on du bruit la nuit dans votre
dortoir et dans votre cellule ? C'est
qu'on s'occupe à m'ôter le repos.—
La supérieure voulut encore parler ;
il lui dit pour la seconde fois : madame, je vous ai déjà dit de vous taire ;
vous répondrez quand je vous inter-
rogerai... Qu'est-ce qu'une religieuse
qu'on a arrachée de vos mains et qu'on
a trouvée renversée à terre dans le
corridor ? — C'est la suite de l'hor-
reur qu'on lui avoit inspirée de moi.
— Est-elle votre amie? — Non, monsieur. — N'êtes-vous jamais entrée
dans sa cellule ? — Jamais. — Ne lui
avez-vous jamais rien fait d'indécent,
soit à elle, soit à d'autres ? — Jamais.
— Pourquoi vous a-t-on liée ? — Je

J'ignore. — Pourquoi votre cellule ne ferme-t-elle pas ? — C'est que j'en ai brisé la serrure. — Pourquoi l'avez-vous brisée ? — Pour ouvrir la porte et assister à l'office le jour de l'Ascension. — Vous vous êtes donc montrée à l'église ce jour-là ? —Oui, monsieur...
— La supérieure dit : monsieur, cela n'est pas vrai, toute la communauté... Je l'interrompis : assurera que la porte du chœur étoit fermée ; qu'elles m'ont trouvée prosternée à cette porte, et que vous leur avez ordonné de marcher sur moi, ce que quelques-unes ont fait, mais je leur pardonne et à vous, madame, de l'avoir ordonné ; je ne suis pas venue pour accuser personne, mais pour me défendre. — Pourquoi n'avez-vous ni rosaire, ni crucifix ? — C'est qu'on me les a ôtés. —Où est votre bréviaire ?—On me l'a ôté. — Comment priez-vous donc ? — Je fais ma prière de cœur et d'esprit, quoiqu'on m'ait défendu de prier.

Qui est-ce qui vous a fait cette dé-
fense ? — Madame... La supérieure
alloit encore parler. Madame, lui dit-
il, est-il vrai ou faux, que vous lui
ayez défendu de prier ? Dites oui ou
non. — Je croyois, et j'avois raison de
croire... — Il ne s'agit pas de cela ;
lui avez-vous défendu de prier, oui ou
non ? — Je lui ai défendu , mais...
— Elle alloit continuer ; mais, reprit
l'archidiacre, mais, sœur Suzanne ,
pourquoi êtes-vous pieds nuds ? —
C'est qu'on ne me fournit ni bas ni
souliers — Pourquoi votre linge et vos
vêtemens sont-ils dans cet état de vé-
tusté et de malpropreté ? C'est qu'il y
a plus de trois mois qu'on me refuse
du linge , et que je suis forcée de coucher avec mes vêtemens? — Pourquoi
couchez-vous avec vos vêtemens ? —
C'est que je n'ai ni rideaux, ni matelas,
ni couvertures, ni draps, ni linge de nuit.
— Pourquoi n'en avez-vous point ? —
C'est qu'on me les a ôtés. — Etes-vous
nourrie ? — Je demande à l'être. —

Vous ne l'êtes donc pas? — Je me tus, et il ajouta : il est incroyable qu'on en ait usé avec vous si sévèrement, sans que vous ayez commis quelques fautes qui l'aient mérité. — Ma faute est de n'être point appellée à l'état religieux, et de revenir contre mes vœux que je n'ai pas faits librement. — C'est aux lois à décider cette affaire ; et de quelque manière qu'elles prononcent, il faut, en attendant, que vous remplissiez les devoirs de la vie religieuse. — Personne, monsieur, n'y est plus exacte que moi. — Il faut que vous jouissiez du sort de toutes vos compagnes. — C'est tout ce que je demande. — N'avez-vous à vous plaindre de personne ? — Non, monsieur, je vous l'ai dit, je ne suis point venue pour accuser, mais pour me défendre. — Allez. — Monsieur, où faut-il que j'aille ? — Dans votre cellule. — Je fis quelques pas, puis je revins, et je me prosternai aux pieds de la supérieure

et

et de l'archidiacre. Eh bien, me dit-
il, qu'est-ce qu'il y a ? — Je lui dis,
en lui montrant ma tête meurtrie en
plusieurs endroits, mes pieds ensanglantés, mes bras livides et sans chair,
mon vêtement sale et déchiré : Vous
voyez !

Je vous entends, vous, monsieur
le marquis, et la plupart de ceux qui
liront ces mémoires : « Des horreurs
» si multipliées, si variées, si conti-
» nues ! Une suite d'atrocités si recher-
» chées dans des ames religieuses ! Cela
» n'est pas vraisemblable, diront-ils,
» dites-vous.... » Et j'en conviens, mais
cela est vrai ; et puisse le ciel que j'atteste, me juger dans toute sa rigueur
et me condamner aux feux éternels,
si j'ai permis à la calomnie de ternir
une de mes lignes de son ombre la plus
légère ! Quoique j'aie long-tems éprouvé
combien l'aversion d'une supérieure
étoit un violent aiguillon à la perver-
sité naturelle, sur-tout lorsque celle-

ci pouvoit se faire un mérite, s'applau-
dir et se vanter de ses forfaits, le res-
sentiment ne m'empêchera point d'être
juste. Plus j'y réfléchis, plus je me
persuade que ce qui m'arrive n'étoit
point encore arrivé et n'arrivera presque jamais. Une fois (et plût à Dieu
que ce soit la première et la dernière!)
il plut à la providence, dont les voies
nous sont inconnues, de rassembler
sur une seule infortunée toute la masse
des cruautés réparties, dans ses im-
pénétrables décrets, sur la multitude
infinie des malheureuses qui l'avoient
précédée dans un cloître et qui devoient lui succéder. J'ai souffert, j'ai
beaucoup souffert, mais le sort de mes
persécutrices me paroît et m'a toujours
paru plus à plaindre que le mien. J'aimerois mieux, j'aurois mieux aimé
mourir que de quitter mon rôle, à la
condition de prendre le leur. Mes
peines finiront, je l'espère de vos
bontés; la mémoire, la honte et le

remords du crime leur resteront jusqu'à l'heure dernière Elles s'accusent
déjà, n'en doutez pas, elles s'accuse-
ront toute leur vie, et la terreur des-
cendra sous la tombe avec elles; cependant, monsieur le marquis, ma
situation présente est déplorable, la
vie m'est à charge ; je suis une femme,
j'ai l'esprit foible comme celles de mon
sexe, Dieu peut m'abandonner, je ne
me sens ni la force ni le courage de sup-
porter encore long-tems ce que j'ai sup-
porté. Monsieur le marquis, craignez
qu'un fatal moment ne revienne; quand
vous useriez vos yeux à pleurer sur ma
destinée, quand vous seriez déchiré de
remords, je ne sortirois pas pour cela
de l'abîme où je serois tombée, il se
fermeroit à jamais sur une désespérée.

Allez, me dit l'archidiacre. Un des
ecclésiastiques me donna la main pour
me relever, et l'archidiacre ajouta : je
vous ai entendu, je vais entendre votre

B 2

supérieure , et je ne sortirai point d'ici
que l'ordre n'y soit rétabli.... Je me re-
tirai. Je trouvai le reste de la maison
en alarmes ; toutes les religieuses
étoient sur les portes de leurs cellules :
elles se parloient d'un côté du corridor
à l'autre ; aussi-tôt que je parus, elles
se retirèrent , et il se fit un long bruit
de portes qui se fermoient les unes
après les autres avec violence. Je rentrai dans ma cellule ; je me mis à genoux contre le mur, et je priai Dieu
d'avoir égard à la modération avec laquelle j'avois parlé à l'archidiacre , et
de lui faire connoître mon innocence et
la vérité.

Je priois , lorsque l'archidiacre , ses
deux compagnons et la supérieure parurent dans ma cellule. Je vous ai dit
que j'étois sans tapisserie , sans chaise,
sans prie-dieu , sans rideaux, sans matelas , sans couvertures, sans draps;
sans aucun vaisseau, sans porte qui fer-
mât, presque sans vître entière à mes

fenêtres. Je me levai, et l'archidiacre
s'arrêtant tout court et tournant des
yeux d'indignation sur la supérieure,
lui dit : Eh bien, madame ? —Elle répondit : je l'ignorois. — Vous l'igno-
riez ! vous mentez ; avez-vous passé
un jour sans entrer ici, et n'en descen-
diez-vous pas quand vous êtes venue ?...
Sœur Suzanne, parlez : madame n'est-
elle pas entrée ici aujourd'hui ? — Je
ne répondis point ; il n'insista pas ; mais
les jeunes ecclésiastiques laissant tomber leurs bras, la tête baissée et les
yeux comme fixés en terre, déceloient
leur peine et leur surprise. Ils sortirent
tous, et j'entendis l'archidiacre qui disoit à la supérieure dans le corridor :
vous êtes indigne de vos fonctions,
vous mériteriez d'être déposée : j'en
porterai mes plaintes à monseigneur.
Que tout ce désordre soit réparé avant
que je sois sorti.... En continuant de
marcher en branlant sa tête, il ajouta :
cela est horrible ! des chrétiennes ! des

B.3

religieuses ! des créatures humaines !
cela est horrible !

Depuis ce moment je n'entendis plus
parler de rien ; mais j'eus du linge,
d'autres vêtemens, des rideaux, des
draps, des couvertures, des vaisseaux,
mon bréviaire, mes livres de piété,
mon rosaire, mon crucifix, des vîtres,
en un mot, tout ce qui me rétablissoit
dans l'état commun des religieuses ;
la liberté du parloir me fut aussi ren-
due, mais seulement pour mes affaires.

Elles alloient mal. M. Manouri publia un premier mémoire qui fit peu
de sensation : il y avoit trop d'esprit,
pas assez de pathétique, presque point
de raisons. Il ne faut pas s'en prendre
tout-à-fait à cet habile avocat. Je ne
voulois point absolument qu'il attaquât
la réputation de mes parens ; je voulois
qu'il ménageât l'état religieux, et sur-
tout la maison où j'étois ; je ne voulois pas qu'il peignît de couleurs trop

odieuses mes beau-frères et mes sœurs.
Je n'avois en ma faveur qu'une première protestation, solemnelle, à la
vérité, mais faite dans un autre couvent et nullement renouvellée depuis.
Quand on donne des bornes si étroites
à ses défenses, et qu'on a à faire à des
parties qui n'en mettent aucune dans
leur attaque, qui foulent aux pieds
le juste et l'injuste, qui avancent et
nient avec la même impudence, et
qui ne rougissent ni des imputations,
ni des soupçons, ni de la médisance,
ni de la calomnie, il est difficile de
l'emporter, sur-tout à des tribunaux
où l'habitude et l'ennui des affaires ne
permettent presque pas qu'on examine
avec quelque scrupule les plus impor-
tantes, et où les contestations de la
nature de la mienne sont toujours
regardées d'un œil défavorable par
l'homme politique qui craint que, sur
le succès d'une religieuse réclamant
contre ses vœux, une infinité d'autres

ne soient engagées dans la même démarche : on sent secrètement que si
l'on souffroit que les portes de ces pri-
sons s'abbattissent en faveur d'une
malheureuse , la foule s'y porteroit et
chercheroit à les forcer. On s'occupe
à nous décourager et à nous résigner
toutes à notre sort par le désespoir de
le changer. Il me semble pourtant que,
dans un état bien gouverné , ce devroit
être le contraire : entrer difficilement
en religion , et en sortir facilement. Et
pourquoi ne pas ajouter ce cas à tant
d'autres , où le moindre défaut de for-
malité anéantit une procédure, même
juste d'ailleurs ? Les couvens sont-ils
donc si essentiels à la constitution d'un
état ? Jésus-Christ a-t-il institué des
moines et des religieuses ? L'église ne
peut-elle absolument s'en passer ?
Quel besoin a l'époux de tant de
vierges folles , et l'espèce humaine de
tant de victimes ? Ne sentira-t-on jamais la nécessité de rétrécir l'ouver-

ture de ces gouffres, où les races fu-
tures vont se perdre ? Toutes les
prières de routine qui se font-là, valent-
elles un liard que la commisération
donne au pauvre ? Dieu qui a créé
l'homme sociable, approuve-t-il qu'il
se renferme ? Dieu qui l'a créé si in-
constant, si fragile, peut-il autoriser
la témérité de ses vœux ? Ces vœux
qui heurtent la pente générale de la
nature, peuvent-ils jamais être bien
observés que par quelques créatures
mal organisées, en qui les germes des
passions sont flétris, et qu'on rangeroit
à bon droit parmi les monstres ; si nos
lumières nous permettoient de connoître aussi facilement et aussi bien la
structure intérieure de l'homme, que
sa forme extérieure ? Toutes ces céré-
monies lugubres qu'on observe à la
prise d'habit et à la profession, quand
on consacre un homme ou une femme
à la vie monastique et au malheur,
suspendent-elles les fonctions anima-

les ? Au contraire , ne se réveillent-
elles pas dans le silence , la contrainte
et l'oisiveté , avec une violence incon-
nue aux gens du monde , qu'une foule
de distractions emporte ? Où est-ce
qu'on voit des têtes obsédées par des
spectres impurs qui les suivent et qui
les agitent ? Où est-ce qu'on voit cet
ennui profond , cette pâleur , cette
maigreur , tous ces symptômes de la
nature qui languit et se consume ? Où
les nuits sont-elles troublées par des
gémissemens , les jours trempés de
larmes versées sans cause et précédées
d'une mélancolie qu'on ne sait à quoi
attribuer ? Où est-ce que la nature ré-
voltée d'une contrainte pour laquelle
elle n'est point faite , brise les obstacles qu'on lui oppose , devient furieuse,
jette l'économie animale dans un désordre auquel il n'y a plus de remède ?
En quel endroit le chagrin et l'humeur
ont-ils anéanti toutes les qualités so-
ciales ? Où est-ce qu'il n'y a ni père,

ni frère, ni sœur, ni parens, ni amis ? Où est-ce que l'homme, ne se considérant que comme un être d'un instant et qui passe, traite les liaisons les plus douces de ce monde, comme un voyageur les objets qu'il rencontre, sans attachement ? Où est le séjour de la haine, du dégoût et des vapeurs ? Où est le lieu de la servitude et du despotisme ? Où sont les haines qui ne s'éteignent point ? Où sont les passions couvées dans le silence ? Où est le séjour de la cruauté et de la curiosité ? On ne sait pas l'histoire de ces asyles, disoit M. Manouri dans son plaidoyer, on ne le sait pas.

Une fille demanda à ses parens la permission d'entrer aux Ursulines. Son père lui dit qu'il y consentoit, mais qu'il lui donnoit trois ans pour y penser. Cette loi parut dure à une jeune personne pleine de ferveur ; cependant il fallut s'y soumettre. Ce tems écoulé et sa vocation ne s'étant point démen-

tie, elle retourna à son père, et elle
lui dit que les trois ans étoient passés.
Voilà qui est bien, mon enfant, lui
répondit-il ; je vous ai accordé trois
ans pour vous éprouver, j'espère que
vous voudrez bien m'en accorder autant
pour me résoudre... Cela parut encore
beaucoup plus dur, il y eut des larmes
répandues ; mais le père étoit un homme ferme, qui tint bon. Au bout de ces
six années, elle entra, elle fit profession.
C'étoit une bonne religieuse, simple,
pieuse, exacte à tous ses devoirs ; mais
il arriva que les directeurs abusèrent
de sa franchise pour s'instruire au tri-
bunal de la pénitence de ce qui se
passoit dans la maison. Ses supérieures
s'en doutèrent ; elle fut enfermée,
privée des exercices de la religion ;
elle en devint folle : et comment la
tête résisteroit-elle aux persécutions
de cinquante personnes qui s'occupent
depuis le commencement du jour jusqu'à la fin, à vous tourmenter ? Auparavant

paravant on avoit tendu à sa mère un piège qui marque bien l'avarice des supérieures. On inspira à la mère de cette récluse le desir d'entrer dans la maison et de visiter la cellule de sa fille. Elle s'adressa aux grands-vicaires, qui lui accordèrent la permission qu'elle sollicitoit. Elle entra, elle courut à la cellule de son enfant ; mais quel fut son étonnement de n'y voir que les quatre murs tout nuds ! On en avoit tout enlevé. On se doutoit bien que cette mère tendre et sensible ne laisseroit pas sa fille dans cet état : en effet, elle la remeubla, la remit en vêtemens et en linge, et protesta bien aux religieuses que cette curiosité lui coûtoit trop cher pour l'avoir une seconde fois, et que trois ou quatre visites par an, comme celle-là, ruineroient ses frères et ses sœurs... C'est-là que l'ambition et le luxe sacrifient une portion des familles pour faire à celle qui reste un sort plus avantageux;

c'est-là la sentine où l'on jette le rebut
de la société. Combien de mères comme
la mienne expient un crime secret par
un autre !

M. Manouri publia un second mémoire qui fit un peu plus d'effet. On
sollicita vivement ; j'offris encore à mes
sœurs de leur laisser la possession entière et tranquille de la succession de
mes parens. Il y eut un moment où
mon procès prit le tour le plus favo-
rable , et où j'espérai la liberté : je
n'en fus que plus cruellement trompée ; mon affaire fut plaidée à l'audience, et perdue. Toute la communauté en étoit instruite, que je l'ignorois. C'étoit un mouvement , un tumulte, une joie, de petits entretiens
secrets, des allées , des venues chez
la supérieure , et des religieuses les
unes chez les autres. J'étois toute trem-
blante ; je ne pouvois ni rester dans ma
cellule , ni en sortir ; pas une amie
entre les bras de qui j'allasse me jetter.

O la cruelle matinée que celle du jugement d'un grand procès ! Je voulois prier, je ne pouvois pas ; je me mettois à genoux, je me recueillois, je commençois une oraison, mais bientôt mon esprit étoit emporté malgré moi au milieu des juges ; je les voyois, j'entendois les avocats, je m'adressois à eux, j'interrompois le mien, je trouvois ma cause mal défendue. Je ne connoissois aucun des magistrats, cependant je m'en faisois des images de toutes espèces, les unes favorables, les autres sinistres, d'autres indifférentes ; j'étois dans une agitation, dans un trouble d'idées qui ne se conçoit pas. Le bruit fit place à un profond silence ; les religieuses ne se parloient plus ; il me parut qu'elles avoient au chœur la voix plus basse qu'à l'ordinaire, du moins celles qui chantoient, les autres ne chantèrent point ; au sortir de l'office, elles se retirèrent en silence. Je me persuadois que l'attente

les inquiétoit autant que moi ; mais
sur le midi, le bruit et le mouvement
reprirent subitement de tous côtés ;
j'entendis des portes s'ouvrir, se fermer, des religieuses aller et venir, le
murmure de personnes qui se parlent
bas. Je mis l'oreille à ma serrure, mais
il me parut qu'on se taisoit en passant,
et qu'on marchoit sur la pointe des
pieds. Je pressentis que j'avois perdu
mon procès ; je n'en doutai pas un instant. Je me mis à tourner dans ma
cellule, sans parler ; j'étouffois, je ne
pouvois me plaindre, je levois mes
bras en haut, je m'appuyois tantôt
contre un mur, tantôt contre l'autre ;
je voulois me reposer sur mon lit, mais
j'en étois empêchée par un battement
de cœur ; il est sûr que j'entendois
battre mon cœur, et qu'il faisoit sou-
lever mon vêtement. J'en étois là,
lorsqu'on vint me dire que l'on me
demandoit. Je descendis, je n'osois
avancer. Celle qui m'avoit avertie étoit

si gaie, que je pensai que la nouvelle
que l'on m'apportoit ne pouvoit être
que fort triste ; j'allai pourtant. Arrivée à la porte du parloir, je m'arrêtai
tout court, et je me jettai dans le re-
coin des deux murs , je ne pouvois me
soutenir ; cependant j'entrai. Il n'y
avoit personne , j'attendis ; on avoit
avoit empêché celui qui m'avoit fait
appeller , d'entrer avant moi. On se
doutoit bien que c'étoit un émissaire
de mon avocat ; on vouloit savoir ce
qui se passoit entre nous, on s'étoit
rassemblé pour entendre. Lorsqu'il parut, j'étois assise , la tête penchée sur
mon bras , et appuyée contre les barreaux de la grille. C'est de la part de
M. Manouri, me dit-il. — C'est, lui
répondis-je, pour m'apprendre que j'ai
perdu mon procès. — Madame , je n'en
sais rien , mais il m'a donné cette lettre ; il avoit l'air affligé quand il m'en
a chargé, et je suis venu à toute bride,
comme il me l'a recommandé. — Don-

nez..... — Il me tendit la lettre, et je
la pris sans me déplacer et sans le regarder ; je la posai sur mes genoux,
et je demeurai comme j'étois. Cependant cet homme me demanda : n'y a-
t-il point de réponse ? Non, lui dis-
je, allez.....Il s'en alla, et je gardai
la même place, ne pouvant ni remuer,
ni me résoudre à sortir.

Il n'est permis en couvent, ni d'é-
crire, ni de recevoir des lettres sans
la permission de la supérieure ; on lui
remet et celles qu'on reçoit, et celles
qu'on écrit : il falloit donc lui porter
la mienne. Je me mis en chemin pour
cela ; je crus que je n'arriverois jamais :
un patient qui sort du cachot pour
aller entendre sa condamnation, ne
marche ni plus lentement, ni plus
abattu. Cependant me voilà à sa porte.
Les religieuses m'examinoient de loin,
elles ne vouloient rien perdre du spec-
tacle de ma douleur et de mon humi-
liation. Je frappai, on ouvrit. Là sus

périeure étoit avec quelques autres religieuses; je m'en apperçus au bas de leurs robes, car je n'osai jamais lever les yeux : je lui présentai ma lettre d'une main vacillante; elle la prit, la lut et me la rendit. Je m'en retournai dans ma cellule, je me jettai sur mon lit, ma lettre à côté de moi, et j'y demeurai sans la lire, sans me lever pour aller dîner, sans faire aucun mouvement, jusqu'à l'office de l'après-midi. A trois heures et demie la cloche m'avertit de descendre. Il y avoit déjà quelques religieuses d'arrivées; la supérieure étoit à l'entrée du chœur; elle m'arrêta, m'ordonna de me mettre à genoux derrière la porte en dehors; le reste de la communauté entra, et la porte se ferma. Après l'office, elles sortirent toutes, je les laissai passer, je me levai pour les suivre la dernière; je commençai dès ce moment à me condamner à tout ce qu'on voudroit; on venoit de m'inter-

dire l'église, je m'interdis de moi-
même le réfectoire et la récréation.
J'envisageois ma condition de tous les
côtés, et je ne voyois de ressource que
dans le besoin de mes talens et dans
ma soumission. Je me serois contentée
de l'espèce d'oubli où l'on me laissa
durant plusieurs jours. J'eus quelques
visites, mais celle de M. Manouri fut
la seule qu'on me permit de recevoir.
Je le trouvai en entrant au parloir,
précisément comme j'étois quand je
reçus son émissaire, la tête posée sur
les bras et appuyée contre la grille. Je
le reconnus, je ne lui dis rien. Il n'o-
soit ni me regarder, ni me parler.
Madame, me dit-il, sans se déranger,
je vous ai écrit, vous avez lu ma lettre? — Je l'ai reçue, mais je ne l'ai
pas lue. — Vous ignorez donc.... —
Non, monsieur, je n'ignore rien, j'ai
deviné mon sort, et j'y suis rési-
gnée. — Comment en use-t-on avec
vous? — On ne songe pas encore à

moi, mais le passé m'apprend ce que
l'avenir me prépare. Je n'ai qu'une
consolation, c'est que privée de l'espérance qui me soutenoit, il est impossible que je souffre autant que j'ai déjà
souffert ; je mourrai. La faute que j'ai
commise n'est pas de celles qu'on pardonne en religion. Je ne demande point
à Dieu d'amollir le cœur de celles à
la discrétion desquelles il lui plaît de
m'abandonner, mais de m'accorder la
force de souffrir, de me sauver du désespoir, et de m'appeller à lui promptement. — Madame, me dit - il en
pleurant, vous auriez été ma propre
sœur que je n'aurois pas mieux fait.....
Cet homme a le cœur sensible. Madame, ajouta-t-il, si je puis vous être
utile à quoi que ce soit, disposez de
moi. Je verrai le premier président,
j'en suis considéré ; je verrai les grands-
vicaires et l'archevêque. — Monsieur,
ne voyez personne, tout est fini. —
Mais si l'on pouvoit vous faire changer

de maison ? — Il y a trop d'obstacles.
— Mais quels sont donc ces obstacles ?
— Une permission difficile à obtenir,
une dot nouvelle à faire, ou l'ancienne
à retirer de cette maison ; et puis, que
trouverai-je dans un autre couvent ?
Mon cœur inflexible, des supérieures
impitoyables, des religieuses qui ne
seront pas meilleures qu'ici, les mêmes devoirs, les mêmes peines. Il vaut
mieux que j'achève ici mes jours, ils
y seront plus courts. — Mais, madame,
vous avez intéressé beaucoup d'honnêtes gens, la plupart sont opulens ; on
ne vous arrêtera pas ici, quand vous
sortirez, sans rien emporter. — Je le
crois. — Une religieuse qui sort ou qui
meurt, augmente le bien-être de celles qui restent. — Mais ces honnêtes
gens, ces gens opulens ne pensent plus
à moi, et vous les trouverez bien froids
lorsqu'il s'agira de me doter à leurs
dépens. Pourquoi voulez-vous qu'il
soit plus facile aux gens du monde de

tirer du cloître une religieuse sans vocation, qu'aux personnes pieuses d'y
en faire entrer une bien appellée ?
Dote-t-on facilement ces dernières ?
Eh ! monsieur, tout le monde s'est re-
tiré depuis la perte de mon procès ;
je ne vois plus personne. — Madame,
chargez – moi seulement de cette affaire, j'y serai plus heureux. — Je ne
demande rien, je n'espère rien, je ne
m'oppose à rien ; le seul ressort qui
me restoit est brisé. Si je pouvois seulement me promettre que Dieu me
changeât, et que les qualités de l'état
religieux succédassent dans mon ame
à l'espérance de le quitter, que j'ai
perdue..... mais cela ne se peut; ce
vêtement s'est attaché à ma peau, à
mes os, et ne m'en gêne que davantage. Ah ! quel sort ! être religieuse à
jamais, et sentir qu'on ne sera jamais
que mauvaise religieuse ! passer toute
sa vie à se frapper la tête contre les
barreaux de sa prison !.... En cet en-

droit je me mis à pousser des cris ; je
voulois les étouffer , mais je ne pouvois. M. Manouri, surpris de ce mouvement, me dit : madame, oserois-
je vous faire une question ? — Faites,
monsieur. — Une douleur aussi violente n'auroit - elle pas un motif secret ? — Non , monsieur. Je hais la
vie solitaire, je sens-là que je la hais,
je sens que je la haïrai toujours. Je ne
saurois m'assujettir à toutes les misè-
res qui remplissent la journée d'une
récluse , c'est un tissu de puérilités
que je méprise ; j'y serois faite , si j'a-
vois pu m'y faire ; j'ai cherché cent
fois à m'en imposer , à me briser là-
dessus, je ne saurois. J'ai envié , j'ai
demandé à Dieu l'heureuse imbécillité
d'esprit de mes compagnes ; je ne l'ai
point obtenue, il ne me l'accordera
pas. Je fais tout mal , je dis tout de
travers ; le défaut de vocation perce
dans toutes mes actions , on le voit ;
j'insulte à tout moment à la vie monastique

nastique ; on appelle orgueil mon inap-
titude ; on s'occupe à m'humilier ; les
fautes et les punitions se multiplient à
l'infini, et les journées se passent à me-
surer des yeux la hauteur des murs. —
Madame, je ne saurois les abattre,
mais je puis autre chose. — Monsieur,
ne tentez rien. — Il faut changer de
maison ; je m'en occuperai. Je viendrai
vous revoir ; j'espère qu'on ne vous
célera pas ; vous aurez incessamment
de mes nouvelles. Soyez sûre que si
vous y consentez, je réussirai à vous
tirer d'ici. Si l'on en usoit trop sévèrement avec vous, ne me le laissez pas
ignorer.

Il étoit tard quand M. Manouri s'en
alla. Je retournai dans ma cellule.
L'office du soir ne tarda pas à sonner,
j'arrivai des premières ; je laissai passer
les religieuses, et je me tins pour dit
qu'il falloit rester à la porte ; en effet,
la supérieure la ferma sur moi. Le soir
à souper, elle me fit signe en entrant

de m'asseoir à terre au milieu du réfectoire ; j'obéis, et l'on ne me servit
que du pain et de l'eau ; j'en mangeai
un peu que j'arrosai de quelques larmes. Le lendemain on tint conseil ;
toute la communauté fut appellée à
mon jugement, et l'on me condamna
à être privée de récréation , à entendre pendant un mois l'office à la porte
du chœur, à manger à terre au milieu
du réfectoire, à faire amende-honorable trois jours de suite, à renouveller
ma prise d'habit et mes vœux, à prendre le cilice, à jeûner de deux jours
l'un, et à me macérer après l'office
du soir tous les vendredi. J'étois à genoux, le voile baissé, tandis que cette
sentence m'étoit prononcée.

Dès le lendemain, la supérieure vint
dans ma cellule avec une religieuse
qui portoit sur son bras un cilice et
cette robe d'étoffe grossière dont on
m'avoit revêtue lorsque je fus conduite
dans le cachot. J'entendis ce que cela si-

gnifioit, je me déshabillai, ou plutôt on
m'arracha mon voile, on me dépouilla,
et je pris cette robe. J'avois la tête nue,
les pieds nuds, mes longs cheveux tomboient sur mes épaules, et tout mon
vêtement se réduisoit à ce cilice que
l'on me donna, à une chemise très-
dure, et à cette longue robe qui me
prenoit sous le cou, et qui me descen-
doit jusqu'aux pieds. Ce fut ainsi que
je restai vêtue pendant la journée et
que je comparus à tous les exercices.

Le soir, lorsque je fus retirée dans
ma cellule, j'entendis qu'on s'en approchoit en chantant les litanies ; c'é-
toit toute la maison rangée sur deux
lignes. On entra, je me présentai ; on
me passa une corde au cou, on me mit
une torche dans une main et une discipline dans l'autre. Une religieuse prit
la corde par un bout, me tira entre les
deux lignes, et la procession prit son
chemin vers un petit oratoire intérieur

consacré à sainte-Marie : on étoit venu
en chantant à voix basse, on s'en retourna en silence. Quand je fus arrivée à ce petit oratoire , qui étoit
éclairé de deux lumières, on m'ordonna de demander pardon à Dieu et
à la communauté du scandale que j'a-
vois donné ; la religieuse qui me con-
duisoit, me disoit tout bas ce qu'il falloit que je répétasse et je le répétois
mot à mot. Après cela on m'ôta la
corde, on me déshabilla jusqu'à la ceinture , on prit mes cheveux qui étoient
épars sur mes épaules, on les rejetta
sur un des côtés de mon cou, on me
mit dans la main droite la discipline
que je portois de la main gauche, et
l'on commença le *miserere*. Je com-
pris ce que l'on attendoit de moi, et
je l'exécutai. Le *miserere* fini , la supérieure me fit une courte exhorta-
tion ; on éteignit les lumières , les
religieuses se retirèrent, et je me rha-
billai.

Quand je fus rentrée dans ma cellule, je sentis des douleurs violentes aux pieds ; j'y regardai ; ils étoient tous ensanglantés des coupures de morceaux de verre que l'on avoit eu la méchanceté de répandre sur mon chemin.

Je fis amende-honorable de la même manière les deux jours suivans, seulement le dernier on ajouta un pséaume au *miserere*.

Le quatrième jour on me rendit l'habit de religieuse, à-peu-près avec la même cérémonie qu'on le prend à cette solemnité, quand elle est publique.

Le cinquième, je renouvellai mes vœux. J'accomplis pendant un mois le reste de la pénitence qu'on m'avoit imposée, après quoi je rentrai à-peu-près dans l'ordre commun de la communauté ; je repris ma place au chœur et au réfectoire, et je vaquai à mon tour aux différentes fonctions de la

maison. Mais quelle fut ma surprise,
lorsque je tournai les yeux sur cette
jeune amie qui s'intéressoit à mon sort!
Elle me parut presque aussi changée
que moi ; elle étoit d'une maigreur à
effrayer , elle avoit sur son visage la
pâleur de la mort, les lèvres blanches
et les yeux presque éteints. Sœur Ursule , lui dis-je tout bas, qu'avez-vous?
Ce que j'ai, me répondit-elle, je vous
aime , et vous me le demandez ! Il
étoit tems que votre supplice finît, j'en
serois morte.

Si les deux derniers jours de mon
amende-honorable je n'avois pas eu
les pieds blessés, c'étoit elle qui avoit
eu l'attention de balayer furtivement
les corridors, et de rejetter à droite et
à gauche les morceaux de verre. Les
jours où j'étois condamnée à jeûner au
pain et à l'eau, elle se privoit d'une
partie de sa portion qu'elle envelop-
poit d'un linge blanc, et qu'elle jettoit
dans ma cellule. On avoit tiré au sort

la religieuse qui me conduiroit par la corde, et le sort étoit tombé sur elle; elle eut la fermeté d'aller trouver la supérieure, et de lui prostester qu'elle se résoudroit plutôt à mourir qu'à cette infâme et cruelle fonction. Heureusement cette jeune fille étoit d'une famille considérée, elle jouissoit d'une pension forte qu'elle employoit au gré de la supérieure, et elle trouva, pour quelques livres de sucre et de café, une religieuse qui prit sa place. Je n'oserois penser que la main de Dieu se soit appesantie sur cette indigne, elle est devenue folle et elle est enfermée; mais la supérieure vit, gouverne, tourmente et se porte bien.

Il étoit impossible que ma santé résistât à de si longues et si dures épreuves; je tombai malade. Ce fut dans cette circonstance que la sœur Ursule montra bien toute l'amitié qu'elle avoit pour moi, je lui dois la vie. Ce n'étoit pas un bien qu'elle me conservoit, elle

me le disoit quelquefois elle-même ;
cependant il n'y avoit sorte de services
qu'elle ne me rendît les jours qu'elle
étoit d'infirmerie ; les autres jours je
n'étois pas négligée, graces à l'intérêt
qu'elle prenoit à moi , et aux petites
récompenses qu'elle distribuoit à celles
qui me veilloient, selon que j'en avois
été plus ou moins satisfaite. Elle avoit
demandé à me garder la nuit, et la
supérieure le lui avoit refusé, sous le
prétexte qu'elle étoit trop délicate pour
suffire à cette fatigue ; ce fut un véri-
table chagrin pour elle. Tous ses soins
n'empêchèrent point les progrès du
mal , je fus réduite à toute extrémité,
je reçus les derniers sacremens. Quelques momens auparavant je demandai
à voir la communauté assemblée , ce
qui me fut accordé. Les religieuses en-
tourèrent mon lit, la supérieure étoit
au milieu d'elle ; ma jeune amie occupoit mon chevet, et me tenoit une
main qu'elle arrosoit de ses larmes.

On présuma que j'avois quelque chose à dire, on me souleva, et l'on me soutint sur mon séant à l'aide de deux oreillers. Alors m'adressant à la supérieure, je la priai de m'accorder sa bénédiction et l'oubli des fautes que j'avois commises ; je demandai pardon à toutes mes compagnes du scandale que je leur avois donné. J'avois fait apporter à côté de moi une infinité de bagatelles, ou qui parcient ma cellule, ou qui étoient à mon usage particulier, et je priai la supérieure de me permettre d'en disposer ; elle y consentit, et je les donnai à celles qui lui avoient servi de satellites lorsqu'on m'avoit jettée dans le cachot. Je fis approcher celle qui m'avoit conduite par la corde le jour de mon amende-honorable, et je lui dis en l'embrassant et en lui présentant mon rosaire et mon christ : chère sœur, souvenez-vous de moi dans vos prières, et soyez sûre que je ne vous oublierai pas devant

Dieu... Et pourquoi Dieu ne m'a-t-il pas prise dans ce moment ? J'allois à lui sans inquiétude. C'est un si grand bonheur ! et qui est-ce qui peut se le promettre deux fois ? Qui sait ce que je serai au dernier moment ? Il faut pourtant que j'y vienne. Puisse Dieu renouveller encore mes peines, et me l'accorder aussi tranquille que je l'avois ! Je voyois les cieux ouverts, et ils l'étoient, sans doute, car la conscience alors ne trompe pas, et elle me promettoit une félicité éternelle.

Après avoir été administrée, je tombai dans une espèce de léthargie ; on désespéra de moi pendant toute cette nuit. On venoit de tems en tems me tâter le pouls ; je sentois des mains se promener sur mon visage , et j'entendois différentes voix qui disoient comme dans le lointain : Il remonte... Son nez est froid... Elle ne passera pas une heure... Le rosaire et le christ vous resteront... Et une autre voix courrou-

cée qui disoit: éloignez-vous, éloignez-
vous; laissez-la mourir en paix, ne
l'avez-vous pas assez tourmentée ?...
Ce fut un moment bien doux pour
moi, lorsque je sortis de cette crise et
que je rouvris les yeux, de me re-
trouver entre les bras de mon amie.
Elle ne m'avoit point quittée ; elle
avoit passé la nuit à me secourir, à
répéter les prières des agonisans, à me
faire baiser le christ et à l'approcher
de ses lèvres après l'avoir séparé des
miennes. Elle crut en me voyant ouvrir de grands yeux et pousser un profond soupir, que c'étoit le dernier ; et
elle se mit à jetter des cris et à m'appeller son amie ; à dire : mon Dieu,
ayez pitié d'elle et de moi ! Mon Dieu,
recevez son ame ! Chère amie ! quand
vous serez devant Dieu, ressouvenez-
vous de sœur Ursule... Je la regardai
en souriant tristement, en versant une
larme et en lui serrant la main. Monsieur Bouvard arriva dans ce moment ;

c'est le médecin de la maison ; cet
homme est habile , à ce qu'on dit ,
mais il est despote , orgueilleux et
dur. Il écarta mon amie avec violence ;
il me tâta le pouls et la peau ; il étoit
accompagné de la supérieure et de ses
favorites. Il fit quelques questions mo-
nosyllabiques sur ce qui s'étoit passé ;
il répondit : elle s'en tirera... Et regardant la supérieure à qui ce mot ne plaisoit pas : oui, madame , lui dit-il , elle
s'en tirera ; la peau est bonne , la fièvre est tombée , et la vie commence
à poindre dans les yeux... A chacun
de ces mots , la joie se déployoit sur
le visage de mon amie ; et sur celui de
la supérieure et de ses compagnes , je
ne sais quoi de chagrin que la contrainte dissimuloit mal. Monsieur, lui
dis-je , je ne demande pas à vivre....
Tant pis, me répondit-il , puis il ordonna quelque chose et sortit. On dit
que pendant ma léthargie j'avois dit
plusieurs fois : chère mère, vous m'ap-
pellez

pellez donc à vous ! je vais donc vous rejoindre ! je vous dirai tout... C'étoit apparemment à mon ancienne supérieure que je m'adressois, je n'en doute pas. Je ne donnai son portrait à personne; je desirois de l'emporter avec moi sous la tombe.

Le pronostic de M. Bouvard se vérifia, la fièvre diminua, des sueurs abondantes achevèrent de l'emporter, et l'on ne douta plus de ma guérison; je guéris en effet, mais j'eus une convalescence très-longue. Il étoit dit que je souffrirois dans cette maison toutes les peines qu'il est possible d'éprouver. Il y avoit eu de la malignité dans ma maladie; la sœur Ursule ne m'avoit presque point quittée. Lorsque je commençai à prendre des forces, les siennes se perdirent, ses digestions se dérangèrent, elle étoit attaquée l'après-midi de défaillances qui duroient quelquefois un quart-d'heure : dans cet état elle étoit comme morte,

sa vue s'éteignoit, une sueur froide
lui couvroit le front et se ramassoit en
gouttes qui couloient le long de ses
joues ; ses bras sans mouvement pen-
doient à ses côtés. On ne la soulageoit
un peu qu'en la délaçant et qu'en re-
lâchant ses vêtemens. Quand elle re-
venoit de cet évanouissement, sa première idée étoit de me chercher à ses
côtés et elle m'y trouvoit toujours ;
quelquefois même, lorsqu'il lui restoit un peu de sentiment et de connoissance, elle étendoit sa main autour
d'elle sans ouvrir les yeux. Cette action étoit si peu équivoque, que quelques religieuses s'étant offertes à cette
main qui tâtonnoit, et n'en étant pas
reconnues, parce qu'alors elle retom-
boit sans mouvement, elles me disoient:
sœur Suzanne, c'est à vous qu'elle en
veut, approchez-vous donc... Je me
mettois à ses genoux, j'attirois sa main
sur mon front et elle y demeuroit
jusqu'à la fin de son évanouissement ;

quand il étoit fini, elle me disoit : Eh bien ! sœur Suzanne, c'est moi qui m'en irai, et c'est vous qui resterez ; c'est moi qui la reverrai la première, je lui parlerai de vous, elle ne m'entendra pas sans pleurer ; si l'on aime là, pourquoi n'y pleureroit-on pas ? S'il y a des larmes amères, il en est aussi de bien douces... Alors elle penchoit sa tête sur mon cou, elle en répandoit avec abondance et elle ajoutoit : adieu, sœur Suzanne, adieu, mon amie ; qui est-ce qui partagera vos peines quand je n'y serai plus ? Qui est-ce qui ?... Ah ! chère amie, que je vous plains ! Je m'en vais, je le sens, je m'en vais. Si vous étiez heureuse, combien j'aurois de regret de mourir !

Son état m'effrayoit. Je parlai à la supérieure. Je voulois qu'on la mît à l'infirmerie, qu'on la dispensât des offices et des autres exercices pénibles de la maison, qu'on appellât un médecin ; mais on me répondoit toujours

que ce n'étoit rien, que ces défaillances se passeroient toutes seules ; et la
chère sœur Ursule ne demandoit pas
mieux que de satisfaire à ses devoirs
et à suivre la vie commune. Un jour,
après les matines auxquelles elle avoit
assisté, elle ne reparut point. Je pensai qu'elle étoit bien mal ; l'office du
matin fini, je volai chez elle, je la
trouvai couchée sur son lit toute ha-
billée ; elle me dit : vous voilà, chère
amie ? je me doutois bien que vous ne
tarderiez pas à venir, et je vous attendois. Ecoutez - moi : que j'avois
d'impatience que vous vinssiez ! Ma
défaillance a été si forte et si longue,
que j'ai cru que j'y resterois, et que je
ne vous reverrois plus. Tenez, voilà
la clef de mon oratoire, vous en ou-
vrirez l'armoire, vous enleverez une
petite planche qui sépare le tiroir d'en
bas en deux, vous trouverez derrière
cette planche un paquet de papiers ;
je n'ai jamais pu me résoudre à m'en

séparer, quelque danger que je cou-
russe à les garder, et quelque douleur
que je ressentisse à les lire ; hélas ! ils
sont presque effacés de mes larmes :
quand je ne serai plus, vous les brû-
lerez.... Elle étoit si foible et si oppressée, qu'elle ne put prononcer de suite
deux mots de ce discours ; elle s'arrêtoit presque à chaque syllabe, et
puis elle parloit si bas, que j'avois
peine à l'entendre, quoique mon
oreille fut presque collée sur sa bouche. Je pris la clef, je lui montrai du
doigt l'oratoire et elle me fit signe de
la tête que oui ; ensuite, pressentant
que j'allois la perdre, et persuadée
que sa maladie étoit ou la suite de la
mienne, ou de la peine qu'elle avoit
prise, ou des soins qu'elle m'avoit
donnés, je me mis à pleurer et à me
désoler de toute ma force. Je lui baisai le front, les yeux, le visage, les
mains ; je lui demandai pardon : cependant elle étoit comme distraite,

elle ne m'entendoit pas, et une de ses mains se promenoit sur mon visage et me caressoit ; je crois qu'elle ne me voyoit plus, peut-être même me croyoit-elle sortie, car elle m'appella, sœur Suzanne ? — Je lui dis : me voilà. — Quelle heure est-il ? — Il est onze heures et demie. — Onze heures et demie ! Allez-vous-en dîner, allez, vous reviendrez tout de suite.... — Le diner sonna, il fallut la quitter. Quand je fus à la porte, elle me rappella ; je revins, elle fit un effort pour me présenter son visage, je le baisai ; elle me prit la main, elle me la tenoit serrée ; il sembloit qu'elle ne vouloit pas, qu'elle ne pouvoit me quitter ; cependant il le faut, dit-elle en me lâchant, Dieu le veut ; adieu, sœur Suzanne. Donnez-moi mon crucifix... Je le lui mis entre les mains et je m'en allai.

On étoit sur le point de sortir de table. Je m'adressai à la supérieure, je lui parlai, en présence de toutes les religieuses, du danger de la sœur Ursule, je la pressois d'en juger par elle-même. Eh bien ! dit-elle, il faut la voir. Elle y monta accompagnée de quelques autres; je les suivis ; elles entrèrent dans sa cellule; la pauvre sœur n'étoit plus, elle étoit étendue sur son lit, toute vêtue, la tête inclinée sur son oreiller, la bouche et les yeux fermés, et le christ entre ses mains. La supérieure la regarda froidement, et dit : elle est morte. Qui l'auroit crue si proche de sa fin ? C'étoit une excellente fille : qu'on aille sonner pour elle et qu'on l'ensévelisse.

Je restai seule à son chevet. Je ne saurois vous peindre ma douleur ; cependant j'enviai son sort. Je m'approchai d'elle, je lui donnai des larmes : je la baisai plusieurs fois, et je tirai son drap sur son visage dont les traits commençoient à s'altérer ; ensuite je

songeai à exécuter ce qu'elle m'avoit
recommandé. Pour n'être pas inter-
rompue dans cette occupation, j'attendis que tout le monde fût à l'office :
j'ouvris l'oratoire, j'abbatis la planche
et je trouvai un rouleau de papiers assez considérable que je brûlai dès le
soir. Cette jeune fille avoit toujours été
mélancolique, et je n'ai pas mémoire
de l'avoir vu sourire, excepté une fois
dans sa maladie.

Me voilà donc seule dans cette maison, dans le monde, car je ne connoissois pas un être qui s'intéressât à moi.
Je n'avois plus entendu parler de l'a-
vocat Manouri; je présumois ou qu'il
avoit été rebuté par les difficultés, ou
que, distrait par des amusemens et par
ses occupations, les offres de services
qu'il m'avoit faites étoient bien loin de
sa mémoire, et je ne lui en savois pas
trop mauvais gré : j'ai le caractère porté
à l'indulgence, je puis tout pardonner
aux hommes, excepté l'injustice, l'in-

gratitude et l'inhumanité. J'excusois donc l'avocat Manouri tant que je pouvois, et tous ces gens du monde qui avoient montré tant de vivacité dans le cours de mon procès, et pour qui je n'existois plus, et vous-même, monsieur le marquis, lorsque nos supérieurs ecclésiastiques firent une visite dans la maison.

Ils entrent, ils parcourent les cellules, ils interrogent les religieuses, ils se font rendre compte de l'administration temporelle et spirituelle; et, selon l'esprit qu'ils apportent à leurs fonctions, ils réparent ou ils augmentent le désordre. Je revis donc l'honnête et dur M. Hébert avec ses deux jeunes et compatissans acolytes. Ils se rappellèrent apparemment l'état déplorable où j'avois autrefois comparu devant eux, leurs yeux s'humectèrent, et je remarquai sur leur visage l'attendrissement et la joie. M. Hébert s'assit, et me fit asseoir vis-à-vis de

lui ; ses deux compagnons se tinrent
debout derrière sa chaise, leurs regards étoient attachés sur moi. M. Hébert me dit : eh bien ! sœur Suzanne,
comment en use-t-on à présent avec
vous ? — Je lui répondis : monsieur,
on m'oublie. — Tant mieux. — Et
c'est aussi tout ce que je souhaite ;
mais j'aurois une grace importante à
vous demander, c'est d'appeller ici ma
mère supérieure. — Et pourquoi ? —
C'est que, s'il arrive que l'on vous fasse
quelque plainte d'elle, elle ne man-
quera pas de m'en accuser. — J'entends ; mais dites-moi toujours ce que
vous en savez. — Monsieur, je vous
supplie de la faire appeller, et qu'elle
entende elle-même vos questions et
mes reponses. — Dites toujours. —
Monsieur, vous m'allez perdre. —
Non, ne craignez rien : de ce moment
elle n'a plus d'autorité sur vous,
avant la fin de la semaine vous serez
transférée à Sainte-Eutrope, près

d'Arpajon. Vous avez un bon ami.--Un
bon ami, monsieur ! je ne m'en connois
point. — C'est votre avocat.—M. Manouri?---lui-même. ---Je ne croyois pas
qu'il se souvînt encore de moi. — Il
a vu vos sœurs, il a vu M. l'archevêque, le premier président, toutes
les personnes connues par leur piété,
il vous a fait une dot dans la maison
que je viens de vous nommer, et vous
n'avez plus qu'un moment à rester ici.
Ainsi, si vous avez connoissance de
quelque désordre, vous pouvez m'en
instruire sans vous compromettre, et
je vous l'ordonne par la sainte obéissance—Je n'en connois point.— Quoi !
on a gardé quelque mesure avec vous
depuis la perte de votre procès ? — On
a cru et l'on a dû croire que j'avois
commis une faute en revenant contre
mes vœux, et l'on m'en a fait demander pardon à Dieu. — Mais ce sont
les circonstances de ce pardon que je
voudrois savoir.... et en disant ces

mots, il secouoit la tête, il fronçoit
les sourcils, et je conçus qu'il ne tenoit qu'à moi de renvoyer à la supérieure une partie des coups de discipline qu'elle m'avoit fait donner, mais
ce n'étoit pas mon dessein. L'archidiacre vit bien qu'il ne sauroit rien,
et il sortit en me recommandant le
secret sur ce qu'il m'avoit confié de
ma translation à Sainte-Eutrope d'Arpajon. Comme le bon homme Hébert
marchoit seul dans le corridor, ses
deux compagnons se retournèrent et
me saluèrent d'un air très-affectueux
et très-doux. Je ne sais qui ils sont,
mais Dieu veuille leur conserver ce
caractère tendre et miséricordieux qui
est si rare dans leur état, et qui con-
vient si fort aux dépositaires de la foiblesse de l'homme et aux intercesseurs
de la miséricorde de Dieu. Je croyois
M. Hébert occupé à interroger ou à
réprimander quelque autre religieuse,
lorsqu'il rentra dans ma cellule. Il me
dit :

dit : d'où connoissez - vous M. Manouri ? — Par mon procès. — Qui
est-ce qui vous l'a donné. —C'est madame la présidente. — Il a fallu que
vous conférassiez souvent avec lui dans
le cours de votre affaire. — Non ,
monsieur, je l'ai peu vu. — Comment
l'avez-vous instruit ? — Par quelques
mémoires écrits de ma main. — Vous
avez des copies de ces mémoires ? —
Non, monsieur. — Qui est-ce qui lui
remettoit ces mémoires ? — Madame
la présidente. — Et d'où la connois-
siez-vous ? — Je la connoissois par la
sœur Ursule, mon amie et sa parente.
— Vous avez vu M. Manouri depuis
la perte de votre procès ? — Une fois.
— C'est bien peu. Il ne vous a point
écrit ? — Non, monsieur. — Vous ne
lui avez point écrit ? — Non, monsieur. — Il vous apprendra sans doute
ce qu'il a fait pour vous. Je vous ordonne de ne le point voir au parloir,
et s'il vous écrit, soit directement, soit

indirectement, de m'envoyer sa lettre
sans l'ouvrir, entendez - vous , sans
l'ouvrir. — Oui, monsieur, et je vous
obéirai... Soit que la méfiance de
M. Hébert me regardât ou mon bien-
faiteur, j'en fus blessée.

M. Manouri vint à Longchamp dans
la soirée même : je tins parole à l'archidiacre, je refusai de lui parler. Le lendemain il m'écrivit par son émissaire,
je reçus sa lettre et je l'envoyai sans
l'ouvrir, à M. Hébert. C'étoit le mardi,
autant qu'il m'en souvient. J'attendois
toujours avec impatience l'effet de la
promesse de l'archidiacre et des mouvemens de M. Manouri. Le mercredi,
le jeudi, le vendredi se passèrent sans
que j'entendisse parler de rien. Combien ces journées me parurent longues ! Je tremblois qu'il ne fût sur-
venu quelque obstacle qui eût tout
dérangé. Je ne recouvrois pas ma liberté, mais je changeois de prison, et
c'est quelque chose. Un premier évè-

nement heureux fait germer en nous
l'espérance d'un second, et c'est peut-
être là l'origine du proverbe : *Qu'un*
bonheur ne vient point sans un autre.

Je connoissois les compagnes que je
quittois, et je n'avois pas de peine à
supposer que je gagnerois quelque
chose à vivre avec d'autres prison-
nières ; quelles qu'elles fussent, elles
ne pouvoient être ni plus méchantes,
ni plus mal intentionnées. Le samedi
matin, sur les neuf heures, il se fit
un grand mouvement dans la maison ;
il faut bien peu de chose pour mettre
des têtes de religieuses en l'air ; on
alloit, on venoit, on se parloit bas,
les portes des dortoirs s'ouvroient et
se fermoient ; c'est, comme vous l'avez
pu voir jusqu'ici, le signal des révo-
lutions monastiques. J'étois seule dans
ma cellule ; j'attendois, le cœur me
battoit, j'écoutois à la porte, je regardois par ma fenêtre ; je me démè-
nois sans savoir ce que je faisois ; je

me disois à moi-même en tressaillant
de joie : c'est moi qu'on vient chercher, tout-à-l'heure je n'y serai plus...
et je ne me trompois pas.

Deux figures inconnues se présen-
tèrent à moi, c'étoient une religieuse
et la tourière d'Arpajon; elles m'ins-
truisirent en un mot du sujet de leur
visite. Je pris tumultueusement le
petit butin qui m'appartenoit, je le
jettai pêle - mêle dans le tablier de la
tourière, qui le mit en paquets. Je ne
demandai point à voir la supérieure;
la sœur Ursule n'étoit plus, je ne
quittois personne. Je descends, on
m'ouvre les portes, après avoir visité
ce que j'emportois, je monte dans un
carrosse, et me voilà partie.

L'archidiacre et ses deux jeunes ecclésiastiques, madame la présidente
de*** et M. Manouri s'étoient ras-
semblés chez la supérieure, où on les
avertit de ma sortie.

Chemin faisant, la religieuse m'ins-

truisit de la maison, et la tourière
ajoutoit pour refrain à chaque phrase
de l'éloge qu'on m'en faisoit : c'est la
pure vérité.... Elle se félicitoit du choix
qu'on avoit fait d'elle pour aller me
prendre, et vouloit être mon amie ; en
conséquence, elle me confia quelques
secrets et me donna quelques conseils
sur ma conduite : ces conseils étoient
apparemment à son usage, mais ils ne
pouvoient être au mien. Je ne sais si
vous avez vu le couvent d'Arpajon ;
c'est un grand bâtiment quarré, dont
un des côtés regarde sur le grand chemin, et l'autre sur la campagne et les
jardins. Il y avoit à chaque fenêtre de
la façade une, deux ou trois religieuses ;
cette seule circonstance m'en apprit sur
l'ordre qui régnoit dans la maison ,
plus que tout ce que la religieuse et sa
compagne ne m'en avoient dit. On con-
noissoit apparemment la voiture où
nous étions , car en un clin-d'œil
toutes ces têtes voilées disparurent , et

F 3

j'arrivai à la porte de ma nouvelle prison. La supérieure vint au-devant de
moi, les bras ouverts, m'embrassa,
me prit par la main, et me conduisit
dans la salle de la communauté, où
quelques religieuses m'avoient devan-
cée, et où d'autres accoururent.

Cette supérieure s'appelle madame ***. Je ne saurois me refuser à
l'envie de vous la peindre avant que
d'aller plus loin. C'est une petite femme
toute ronde, cependant prompte et vive
dans ses mouvemens ; sa tête n'est jamais rassise sur ses épaules ; il y a toujours quelque chose qui cloche dans son
vêtement ; sa figure n'est ni bien, ni
mal ; ses yeux, dont l'un, c'est le
droit, est plus haut et plus grand que
l'autre, sont pleins de feu et distraits :
quand elle marche, elle jette ses bras
en avant et en arrière. Veut-elle parler,
elle ouvre la bouche avant que d'avoir
arrangé ses idées, aussi bégaye-t-elle
un peu. Est-elle assise, elle s'agite sur

son fauteuil comme si quelque chose
l'incommodoit ; elle oublie toute bien-
séance ; elle lève sa guimpe pour se
frotter la peau, elle croise ses jambes,
elle vous interroge, vous lui répondez
et elle ne vous écoute pas ; elle vous
parle et elle se perd, s'arrête tout
court et ne sait plus où elle en est, se
fâche et vous appelle grosse bête, stu-
pide, imbécile, si vous ne la remettez
sur la voix ; elle est tantôt familière
jusqu'à tutoyer, tantôt impérieuse et
fière jusqu'au dédain ; ses momens de
dignité sont courts ; elle est alternati-
vement compatissante et dure ; sa figure
décomposée marque tout le décousu de
son esprit et toute l'inégalité de son
caractère ; aussi l'ordre et le désordre
se succédoient-ils dans la maison ; il
y avoit des jours où tout étoit confondu,
les pensionnaires avec les novices, les
novices avec les religieuses, où l'on
couroit dans les chambres les unes des
autres, où l'on prenoit ensemble du

thé , du café , du chocolat , des liqueurs , où l'office se faisoit avec une
célérité incroyable ; au milieu de ce
tumulte le visage de la supérieure
change subitement , la cloche sonne,
on se renferme , on se retire ; le silence le plus profond suit le bruit , les
cris et le tumulte , et l'on croiroit que
tout est mort subitement. Une religieuse alors manque-t-elle à la moindre chose ? Elle la fait venir dans sa
cellule, la traite avec dureté , lui ordonne de se déshabiller et de se donner vingt coups de discipline. La religieuse obéit, se déshabille, prend sa
discipline et se macère; mais, à peine
s'est-elle donné quelques coups, que
la supérieure , devenue compatissante,
lui arrache l'instrument de pénitence,
se met à pleurer, dit qu'elle est bien
malheureuse d'avoir à punir, lui baise
le front, les yeux , la bouche , les
épaules, la caresse, la loue ; mais qu'elle
a la peau blanche et douce ! le bel

embonpoint ! le beau cou ! le beau
chignon !... Sœur Sainte-Augustine,
mais tu es folle d'être honteuse, laisse
tomber ce linge, je suis femme et ta
supérieure ; ô la belle gorge, qu'elle
est ferme ! et je souffrirois que cela fût
déchiré par des pointes ! non, non, il
n'en sera rien... Elle la baise encore,
la relève, la rhabille elle-même, lui
dit les choses les plus douces, la dispense des offices, et la renvoie dans sa
cellule. On est très-mal avec ces femmes-
là, on ne sait jamais ce qui leur plaira
ou déplaira, ce qu'il faut éviter ou
faire ; il n'y a rien de réglé, ou l'on
est servi à profusion ou l'on meurt de
faim ; l'économie de la maison s'em-
barrasse, les remontrances sont ou mal
prises ou négligées ; on est toujours
trop près ou trop loin des supérieures
de ce caractère, il n'y a ni vraie dis-
tance ni mesure ; on passe de la disgrace à la faveur, et de la faveur à la
disgrace, sans qu'on sache pourquoi.

Voulez - vous que je vous donne dans
une petite chose un exemple général
de son administration ? Deux fois
l'année elle couroit de cellule en cellule, et faisoit jetter par les fenêtres
toutes les bouteilles de liqueur qu'elle
y trouvoit, et quatre jours après elle-
même en renvoyoit à la plupart de ses
religieuses. Voilà celle à qui j'avois
fait le vœu solemnel d'obéissance,
car nous portons nos vœux d'une maison dans une autre.

J'entrai avec elle, elle me condui-
soit en me tenant embrassée par le
milieu du corps. On servit une collation de fruits, de massepains et de con-
fitures. Le grave archidiacre commença mon éloge qu'elle interrompit
par : on a eu tort, on a eu tort, je le
sais..... Le grave archidiacre voulut
continuer, et la supérieure l'interrompit par : comment s'en sont-elles
défaites ? C'est la modestie et la douceur même ; on dit qu'elle est remplie

de talens...... Le grave archidiacre voulut reprendre ses derniers mots, la supérieure l'interrompit encore, en me disant bas à l'oreille : je vous aime à la folie, et quand ces pédans - là seront sortis, je ferai venir nos sœurs et vous nous chanterez un petit air, n'est – ce pas ?... Il me prit une envie de rire. Le grave M. Hébert fut un peu déconcerté ; ses deux jeunes compagnons sourioient de son embarras et du mien. Cependant M. Hébert revint à son caractère et à ses manières accoutumées, lui ordonna brusquement de s'asseoir, et lui imposa silence. Elle s'assit, mais elle étoit mal à son aise, elle se tourmentoit à sa place, elle se grattoit la tête, elle rajustoit son vêtement où il n'étoit pas dérangé, elle bâilloit, et cependant l'archidiacre péroroit sensément sur la maison que j'avois quittée, sur les désagrémens que j'avois éprouvés, sur celle où j'entrois, sur les obligations que j'avois aux personnes qui m'avoient servi. En cet endroit, je regardai M. Manouri, il baissa les yeux. Alors la conversation devint plus générale, le silence pénible imposé à la supérieure cessa. Je m'approchai de M. Manouri, je le remerciai des services qu'il m'avoit rendus, je tremblois, je balbutiois, je ne savois quelle reconnoissance lui promettre. Mon trouble, mon embarras, mon attendrissement, car j'étois vraiment touchée, un mélange de larmes et de joie, toute mon action lui parla beaucoup mieux que je n'aurois pu faire. Sa réponse ne fut pas plus arrangée que mon discours, il fut aussi troublé que moi. Je ne sais ce qu'il me disoit, mais j'entendois qu'il seroit trop récompensé s'il avoit adouci la rigueur de mon sort; qu'il se ressouviendroit de ce qu'il avoit fait avec plus de plaisir encore que moi; qu'il étoit bien fâché que ses occupations qui l'attachoient au palais de

Paris

Paris ne lui permissent pas de visiter souvent le cloître d'Arpajon, mais qu'il espéroit de monsieur l'archidiacre et de madame la supérieure, la permission de s'informer de ma santé et de ma situation. L'archidiacre n'entendit pas cela, mais la supérieure répondit : Monsieur, tant que vous voudrez, elle fera tout ce qui lui plaira ; nous tâcherons de réparer ici les chagrins qu'on lui a donnés...... Et puis tout bas à moi : mon enfant, tu as donc bien souffert ? Mais comment ces créatures de Longchamp ont-elles eu le courage de te maltraiter ? J'ai connu ta supérieure, nous avons été pensionnaires ensemble à Port-Royal, c'étoit la bête noire des autres. Nous aurons le tems de nous voir, tu me raconteras tout cela.... Et en disant ces mots, elle prenoit une de mes mains qu'elle me frappoit de petits coups avec la sienne. Les jeunes ecclésiastiques me firent aussi leur compliment. Il

étoit tard, M. Manouri prit congé de
nous ; l'archidiacre et ses compagnons
allèrent chez M***, seigneur d'Arpajon
où ils étoient invités, et je restai seule
avec la supérieure, mais ce ne fut pas
pour long-tems ; toutes les religieuses,
toutes les novices, toutes les pensionnaires accoururent pêle − mêle ; en un
instant, je me vis entourée d'une cen-
taine de personnes. Je ne savois à qui
entendre, ni à qui répondre ; c'étoient
des figures de toute espèce et des propos de toutes couleurs ; cependant je
discernai qu'on n'étoit mécontent, ni
de mes réponses, ni de ma personne.

Quand cette conférence importune
eut duré quelque tems, et que la première curiosité eut été satisfaite, la
foule diminua, la supérieure écarta le
reste, et elle vint elle-même m'ins-
taller dans ma cellule ; elle m'en fit
les honneurs à sa mode ; elle me montroit l'oratoire et disoit : c'est là que
ma petite amie priera Dieu ; je veux

qu'on lui mette un coussin sur ce mar-
che-pied, afin que ses petits genoux
ne soient pas blessés. Il n'y a point
d'eau bénite dans ce bénitier, cette
sœur Dorothée oublie toujours quelque
chose. Essayez ce fauteuil, voyez s'il
vous sera commode... Et tout en parlant ainsi, elle m'assit, me pencha la
tête sur le dossier et me baisa le
front. Cependant elle alla à la fenêtre,
pour s'assurer que les chassis se le-
voient et se baissoient facilement; à
mon lit, elle en tira et retira les rideaux pour voir s'ils fermoient bien;
elle examina les couvertures, elles
sont bonnes; elle prit le traversin, et le
faisant bouffer, elle disoit : cette chère
tête sera fort bien là-dessus, ces draps
ne sont pas fins, mais ce sont ceux de
la communauté ; ces matelas sont
bons.... Cela fait, elle vient à moi,
m'embrasse et me quitte. Pendant
cette scène, je disois en moi-
même, ô la folle créature ! Et je

m'attendis à de bons et de mauvais jours.

Je m'arrangeai dans ma cellule ; j'assistai à l'office du soir, au souper, à la récréation qui suivit. Quelques religieuses s'approchèrent de moi, d'autres s'en éloignèrent ; celles-là comptoient sur ma protection auprès de la supérieure ; celles-ci étoient déjà allarmées de la prédilection qu'elle m'avoit accordée. Ces premiers momens se passèrent en éloges réciproques, en questions sur la maison que j'avois quittée, en essais de mon caractère, de mes inclinations, de mes goûts, de mon esprit ; on vous tâte par-tout, c'est une suite de petites embûches que l'on vous tend, et d'où l'on tire les conséquences les plus justes. Par exemple, on jette un mot de médisance, et l'on vous regarde ; on entame une histoire, et l'on attend que vous en demandiez la suite, ou que vous la laissiez ; si vous dites un mot ordinaire , on le trouve charmant , quoiqu'on sache bien qu'il n'en est rien ; on vous loue , ou l'on vous blâme à dessein ; on cherche à démêler vos pensées les plus secrettes ; on vous interroge sur vos lectures : on vous offre des livres sacrés et profanes ; on remarque votre choix ; on vous invite à de légères infractions de la règle ; on vous fait des confidences ; on vous jette des mots sur les travers de la supérieure , tout se recueille et se redit ; on vous quitte , on vous reprend ; on sonde vos sentimens sur les mœurs, sur la piété, sur le monde, sur la religion, sur la vie monastique , sur tout. Il résulte de ces expériences réitérées une épithète qui vous caractérise, et qu'on attache en surnom à celui que vous portez ; ainsi je fus appellée Sainte-Suzanne-la-réservée.

Le premier soir j'eus la visite de la supérieure, elle vint à mon déshabiller ; ce fut elle qui m'ôta mon voile

G 3

et ma guimpe, et qui me coëffa de nuit, ce fut elle qui me déshabilla. Elle me tint cent propos doux et me fit mille caresses qui m'embarrassèrent un peu, je ne sais pas pourquoi, car je n'y entendois rien ni elle non plus; à présent même que j'y réfléchis, qu'aurions-nous pu y entendre? Cependant j'en parlai à mon directeur, qui traita cette familiarité, qui me paroissoit innocente et qui me le paroît encore, d'un ton fort sérieux, et me défendit gravement de m'y prêter davantage. Elle me baisa le col, les épaules, les bras, elle loua mon embonpoint et ma taille, et me mit au lit; elle releva mes couvertures d'un et d'autre côté, me baisa les yeux, tira mes rideaux et s'en alla. J'oubliois de vous dire qu'elle supposa que j'étois fatiguée, et qu'elle me permit de rester au lit tant que je voudrois.

J'usai de sa permission; c'est, je le

crois, la seule bonne nuit que j'aie passée dans le cloître. Le lendemain, sur
les neuf heures, j'entendis frapper
doucement à ma porte, j'étois encore
couchée, je répondis, on entra; c'étoit
une religieuse qui me dit, d'assez mauvaise humeur, qu'il étoit tard, et que
la mère supérieure me demandoit. Je
me levai, je m'habillai à la hâte, et
j'allai. Bon jour, mon enfant, me dit-
elle, avez-vous bien passé la nuit ?
Voilà du café qui vous attend depuis
une heure, je crois qu'il sera bon, dé-
pêchez-vous de le prendre, et puis après
nous causerons... Et tout en disant
cela, elle étendoit un mouchoir sur la
table, en déployoit un autre sur moi,
versoit le café et le sucroit. Les autres
religieuses en faisoient autant les unes
chez les autres. Tandis que je déjeû-
nois, elle m'entretint de mes compagnes, me les peignit selon son aversion ou son goût, me fit mille amitiés,
mille questions sur la maison que

j'avois quittée , sur mes parens , sur
les désagrémens que j'avois eus, loua,
blâma à sa fantaisie, n'entendit jamais ma réponse jusqu'au bout. Je ne
la contredis point ; elle fut contente
de mon esprit, de mon jugement et
de ma discrétion. Cependant il vint
une religieuse, puis une autre , puis
une troisième, puis une quatrième,
une cinquième; on parla des oiseaux
de la mère, celle-ci des tics de la
sœur, celle-là de tous les petits ridicules des absentes; on se mit en
gaieté. Il y avoit une épinette dans un
coin de la cellule ; j'y posai les doigts
par distraction, car , nouvelle arrivée
dans la maison, et ne connoissant point
celles dont on plaisantoit, cela ne m'a-
musoit guère ; et quand j'aurois été
plus au fait, cela ne m'auroit pas
amusé davantage. Il faut trop d'esprit
pour bien plaisanter ; et puis, qui est-
ce qui n'a point un ridicule ? Tandis
que l'on rioit, je faisois des accords ;

peu-à-peu j'attirai l'attention. La supérieure vint à moi , et me frappant un
petit coup sur l'épaule ; allons, Sainte-
Suzanne , me dit-elle , amuse-nous ;
joue d'abord , et puis après tu chan-
teras. Je fis ce qu'elle me disoit, j'exécutai quelques pièces que j'avois dans
les doigts , je préludai de fantaisie , et
puis je chantai quelques versets des
pseaumes, de Mondonville. Voilà qui
est fort bien , me dit la supérieure ;
mais nous avons de la sainteté à l'église
tant qu'il nous plaît ; nous sommes
seules , celles-ci sont mes amies , et
elles seront aussi les tiennes ; chante-
nous quelque chose de plus gai. —
Quelques-unes des religieuses dirent :
mais elle ne sait peut-être que cela ;
elle est fatiguée de son voyage , il
faut la ménager , en voilà bien assez
pour une fois. — Non , non, dit la supérieure , elle s'accompagne à merveille , elle a la plus belle voix du
monde (et en effet je l'ai assez jolie ,

cependant plus de justesse, de douceur
et de flexibilité que de force et d'étendue,) je ne la tiendrai quitte qu'elle
ne nous ait dit autre chose.—J'étois un
peu offensée du propos des religieuses;
je répondis à la supérieure que cela
n'amusoit plus les sœurs. — Mais cela
m'amuse encore moi. — Je me doutois de cette réponse. Je chantai donc
une chansonnette assez délicate, et
toutes battirent des mains, me louè-
rent, m'embrassèrent, me caressè-
rent, m'en demandèrent une seconde;
petites minauderies fausses, dictées
par la réponse de la supérieure, il n'y
en avoit presque pas une là qui ne
m'eût ôté ma voix et rompu les doigts,
si elle l'avoit pu. Celles qui n'avoient
peut-être entendu de musique de leur
vie, s'avisèrent de jetter sur mon
chant des mots aussi ridicules que dé-
plaisans, qui ne prirent point auprès
de la supérieure. Taisez-vous, leur
dit-elle, elle joue et chante comme

un ange, et je veux qu'elle vienne ici tous les jours ; *j'ai su un peu de clave-cin* autrefois, et je veux qu'elle m'y remette. Ah ! madame, lui dis-je, quand on a su autrefois, on n'a pas tout oublié... Très-volontiers, cède-moi ta place... Elle préluda, elle joua des choses folles, bisarres, décousues comme ses idées ; mais je vis à travers tous les défauts de son exécution, qu'elle avoit la main infiniment plus légère que moi. Je le lui dis, car j'aime à louer, et j'ai rarement perdu l'occasion de le faire avec vérité ; cela est si doux ! Les religieuses s'éclipsè-rent les unes après les autres, et je restai presque seule avec la supérieure à parler musique. Elle étoit assise, j'étois debout, elle me prenoit les mains, et elle me disoit en les ser-rant : mais outre qu'elle joue bien, c'est qu'elle a les plus jolis doigts du monde, voyez donc, sœur Thérèse... Sœur Thérèse baissoit les yeux, rou-

gissoit et bégayoit; cependant que
j'eusse les doigts jolis ou non, que la
supérieure eut tort ou raison de l'ob-
server, qu'est-ce que cela faisoit à
cette sœur ? La supérieure m'embrassoit par le milieu du corps, et elle
trouvoit que j'avois la plus jolie taille;
elle m'avoit tirée à elle, elle me fit
asseoir sur ses genoux ; elle me re-
levoit la tête avec les mains, et m'invitoit à la regarder ; elle louoit mes
yeux, ma bouche, mes joues, mon
teint ; je ne répondois rien, j'avois
les yeux baissés, et je me laissois aller à toutes ces caresses comme une
idiote. Sœur Thérèse étoit distraite,
inquiète, se promenoit à droite et à
gauche, touchoit à tout sans avoir besoin de rien, ne savoit que faire de
sa personne, regardoit par la fenêtre,
croyoit avoir entendu frapper à la porte, et la supérieure lui dit : Sainte-
Thérèse, tu peux t'en aller si tu t'en-
nuies. — Madame, je ne m'ennuie
pas.

pas. — C'est que j'ai mille choses à demander à cet enfant. — Je le crois. — Je veux savoir toute son histoire ; comment réparerai-je les peines qu'on lui a faites, si je les ignore ? Je veux qu'elle me les raconte sans rien omettre ; je suis sûre que j'en aurai le cœur déchiré, et que j'en pleurerai, mais n'importe ; Sainte-Suzanne, quand est-ce que je saurai tout ? — Madame, quand vous l'ordonnerez. — Je t'en prierois tout-à-l'heure, si nous en avions le tems. Quelle heure est-il ? — Sœur Thérèse répondit : madame, il est cinq heures, et les vêpres vont sonner. — Qu'elles commencent toujours. — Mais, madame, vous m'aviez promis un moment de consolation avant vêpres. J'ai des pensées qui m'inquiètent ; je voudrois bien ouvrir mon cœur à maman. Si je vais à l'office sans cela, je ne pourrai prier, je serai distraite. — Non, non, dit la supérieure, tu es folle avec tes

idées. Je gage que je sais ce que c'est ;
nous en parlerons demain. — Ah !
chère mère , dit sœur Thérèse, en
se jettant aux pieds de la supérieure
et en fondant en larmes , que ce soit
tout-à-l'heure. — Madame, dis-je à
la supérieure en me levant de sur ses
genoux où j'étois restée, accordez à
ma sœur ce qu'elle vous demande, ne
laissez pas durer sa peine , je vais me
retirer, j'aurai toujours le tems de satisfaire l'intérêt que vous voulez bien
prendre à moi; et quand vous aurez
entendu ma sœur Thérèse, elle ne
souffrira plus... Je fis un mouvement
vers la porte pour sortir; la supérieure
me retenoit d'une main; sœur Thérèse à genoux s'étoit emparée de l'autre , la baisoit et pleuroit, et la supérieure lui disoit : en vérité, Sainte-
Thérèse, tu es bien incommode avec
tes inquiétudes; je te l'ai déjà dit,
cela me déplaît, cela me gêne; je ne
veux pas être gênée. — Je le sais, mais

je ne suis pas la maîtresse de mes sentimens ; je voudrois et je ne saurois...
— Cependant je m'étois retirée , et
j'avois laissé avec la supérieure la jeune
sœur. Je ne pus m'empêcher de la regarder à l'église , il lui restoit de l'ab-
battement et de la tristesse ; nos yeux
se rencontrèrent plusieurs fois, et il
me sembla qu'elle avoit de la peine à
soutenir mon regard. Pour la supérieure, elle s'étoit assoupie dans sa
stalle.

L'office fut dépêché en un clin-
d'œil : le chœur n'étoit pas, à ce qu'il
me parut, l'endroit de la maison où
l'on se plaisoit le plus. On en sortit
avec la vîtesse et le babil d'une
troupe d'oiseaux qui s'échapperoient
de leur volière, et les sœurs se répan-
dirent les unes chez les autres en cou-
rant, en riant, en parlant ; la supérieure se renferma dans sa cellule, et
la sœur Thérèse s'arrêta sur la porte
de la sienne, m'épiant comme si elle

H 2

eût été curieuse de savoir ce que je deviendrois. Je rentrai chez moi, et la
porte de la cellule de la sœur Thérèse
ne se referma que quelques tems après,
et se referma doucement. Il me vint
en idée que cette jeune fille étoit ja-
louse de moi et qu'elle craignoit que
je ne lui ravisse la place qu'elle occupoit dans les bonnes graces et l'inti-
mité de la supérieure. Je l'observai
plusieurs jours de suite, et lorsque je
me crus suffisamment assurée de mon
soupçon, par ses petites colères, ses
petites alarmes, sa persévérance à me
suivre à la piste, à m'examiner, à se
trouver entre la supérieure et moi, à
briser nos entretiens, à déprimer mes
qualités, à faire sortir mes défauts,
plus encore à sa pâleur, à sa douleur,
à ses pleurs, au dérangement de sa
santé et même de son esprit ; je l'allai
trouver et je lui dis : chère amie, qu'a-
vez-vous ? — Elle ne me répondit pas ;
ma visite la surprit et l'embarrassa ;

elle ne savoit ni que dire, ni que faire.
— Vous ne me rendez pas assez de
justice; parlez-moi vrai, vous craignez
que je n'abuse du goût que notre mère
a pris pour moi, que je ne vous éloigne de son cœur. Rassurez-vous, cela
n'est pas dans mon caractère: si j'étois
jamais assez heureuse pour obtenir
quelqu'empire sur son esprit... — Vous
aurez tout celui qu'il vous plaira; elle
vous aime, elle fait aujourd'hui pour
vous précisément ce qu'elle a fait pour
moi dans les commencemens. — Eh
bien! soyez sûre que je ne me servirai
de la confiance qu'elle m'accordera que
pour vous rendre plus chérie. — Et cela
dépendra-t-il de vous? — Et pourquoi
cela n'en dépendroit-il pas? — Au lieu
de me répondre, elle se jetta à mon
cou, et elle me dit en soupirant: ce
n'est pas votre faute, je le sais bien,
je me le dis à tout moment; mais promettez-moi... — Que voulez-vous que
je vous promette? — Que... — Ache-

vez ; je ferai tout ce qui dépendra de moi. — Elle hésita, se couvrit les yeux de ses mains, et me dit d'une voix si basse, qu'à peine je l'entendois : que vous la verrez le moins souvent que vous pourrez... — Cette demande me parut si étrange, que je ne pus m'empêcher de lui répondre : et que vous importe que je voie souvent ou rarement notre supérieure ? Je ne suis point fâchée que vous la voyez sans cesse, moi. Vous ne devez pas être plus fâchée que j'en fasse autant ; ne suffit-il pas que je vous proteste que je ne vous nuirai auprès d'elle, ni à vous, ni à personne ? — Elle ne me répondit que par ces mots qu'elle prononça d'une manière douloureuse en se séparant de moi et en se jettant sur son lit : je suis perdue ! — Perdue ! Et pourquoi ? Mais il faut que vous me croyiez la plus méchante créature qui soit au monde ?

Nous en étions-là, lorsque la supé-

rieure entra. Elle avoit passé à ma
cellule, elle ne m'y avoit point trouvée, elle avoit parcouru presque toute
la maison inutilement ; il ne lui vint
pas en pensée que j'étois chez sœur
Sainte-Thérèse : lorsqu'elle l'eut appris par celles qu'elle avoit envoyées
à ma découverte, elle accourut. Elle
avoit un peu de trouble dans le regard
et sur son visage ; mais toute sa personne étoit si rarement ensemble !
Sainte-Thérèse étoit en silence assise
sur son lit, moi debout. Je lui dis :
ma chère mère, je vous demande
pardon d'être venue ici sans votre permission. — Il est vrai, me répondit-
elle, qu'il eût été mieux de la demander. — Mais cette chère sœur m'a
fait compassion, j'ai vu qu'elle étoit
en peine. — Et de quoi ? — Vous le
dirai-je ? Et pourquoi ne vous le di-
rois-je pas ? C'est une délicatesse qui
fait tant d'honneur à son ame, et qui
marque si vivement son attachement

pour vous. Les témoignages de bonté,
que vous m'avez donnés ont allarmé
sa tendresse, elle a craint que je n'ob-
tinsse dans votre cœur la préférence
sur elle ; ce sentiment de jalousie, si
honnête d'ailleurs , si naturel et si
flatteur pour vous, chère mère, étoit,
à ce qu'il m'a semblé, devenu cruel
pour ma sœur, et je la rassurois. —
La supérieure, après m'avoir écoutée,
prit un air sévère et imposant, et lui
dit : Sœur Thérèse, je vous ai aimée
et je vous aime encore ; je n'ai point à
me plaindre de vous, et vous n'aurez
point à vous plaindre de moi ; mais je
ne saurois souffrir ces prétentions ex-
clusives. Défaites - vous - en , si vous
craignez d'éteindre ce qui me reste
d'attachement pour vous, et si vous
vous rappellez le sort de la sœur Aga-
the.... Puis se tournant vers moi, elle
me dit : c'est cette grande brune que
vous voyez au chœur vis-à-vis de moi.
(Car je me répandois si peu, il y avoit

si peu de tems que j'étois à la maison,
j'étois si nouvelle, que je ne savois
pas encore tous les noms de mes compagnes.) Elle ajouta : je l'aimois, lorsque sœur Thérèse entra ici, et que je
commençai à la chérir. Elle eut les
mêmes inquiétudes, elle fit les mêmes
folies; je l'en avertis, elle ne se cor-
rigea point, et je fus obligée d'en venir
à des voies sévères qui ont duré trop
long-tems, et qui sont très-contraires
à mon caractère, car elles vous di-
ront toutes que je suis bonne et que je
ne punis jamais qu'à contre cœur.....
Puis s'adressant à Sainte - Thérèse,
elle ajouta : mon enfant, je ne veux
point être gênée, je vous l'ai déjà dit;
vous me connoissez, ne me faites point
sortir de mon caractère...... Ensuite
elle me dit, en s'appuyant d'une main
sur mon épaule : venez, Sainte-
Suzanne, reconduisez-moi. Nous sortîmes. Sœur Thérèse voulut nous suivre, mais la supérieure détournant la

tête négligemment par - dessus mon
épaule , lui dit d'un ton de despotisme : rentrez dans votre cellule, et
n'en sortez pas que je ne vous le per-
mette .... Elle obéit, ferma sa porte
avec violence , et s'échappa en quelques discours qui firent frémir la supérieure , je ne sais pourquoi , car ils
n'avoient pas de sens. Je vis sa colère , et je lui dis : chère mère, si vous
avez quelque bonté pour moi, par-
donnez à ma sœur Thérèse ; elle a la
tête perdue, elle ne sait ce qu'elle
dit, elle ne sait ce qu'elle fait. —
Que je lui pardonne ? Je le veux
bien ; mais que me donnerez - vous ?
— Ah chère mère, serai-je assez heureuse pour avoir quelque chose qui
vous plût et qui vous appaisât ? —
Elle baissa les yeux, rougit et sou-
pira ; en vérité , c'étoit comme un
amant. Elle me dit ensuite, en se
rejettant nonchalamment sur moi,
comme si elle eût défailli : approchez

votre front que je le baise.... Je me penchai, et elle me baisa le front. Depuis ce tems, si-tôt qu'une religieuse avoit fait quelque faute, j'intercédois pour elle, et j'étois sûre d'obtenir sa grace par quelque complaisance innocente ; c'étoit toujours un baiser ou sur le front, ou sur le cou, ou sur les yeux, ou sur les joues, ou sur la bouche, ou sur les mains, ou sur la gorge, ou sur les bras, mais plus souvent sur la bouche ; elle trouvoit que j'avois l'haleine pure, les dents blanches et les lèvres fraîches et vermeilles. En vérité, je serois bien belle, si je méritois la plus petite partie des éloges qu'elle me donnoit ; si c'étoit mon front, il étoit blanc, uni et d'une forme charmante ; si c'étoient mes yeux, ils étoient brillans ; si c'étoient mes joues, elles étoient larges et douces ; si c'étoient mes mains, elles étoient petites et potelées ; si c'étoit ma gorge, elle étoit d'une fermeté de

pierre et d'une forme admirable ; si
c'étoient mes bras, il étoit impossible de
les avoir mieux tournés et plus ronds ;
si c'étoit mon cou, aucune des sœurs
ne l'avoit mieux fait, et d'une beauté
plus exquise et plus rare ; que sais-je
tout ce qu'elle me disoit ? Il y avoit
bien quelque chose de vrai dans ses
louanges ; j'en rabattois beaucoup ,
mais non pas tout. Quelquefois, en
me regardant de la tête aux pieds avec
un air de complaisance que je n'ai jamais vu à aucune autre femme , elle
me disoit : non , c'est le plus grand
bonheur que Dieu l'ait appellée dans
la retraite ; avec cette figure-là dans
le monde , elle auroit damné autant
d'hommes qu'elle en auroit vu , et
elle se seroit damnée avec eux. Dieu
fait bien tout ce qu'il fait.

Cependant nous nous avancions vers
sa cellule ; je me disposois à la quitter , mais elle me prit par la main , et
elle me dit : il est trop tard pour com-

mencer

mencer votre histoire de Sainte-Marie
et de Longchamp ; mais entrez, vous
me donnerez une petite leçon de clavecin. Je la suivis. En un moment elle
eut ouvert le clavecin, préparé un li-
vre, approché une chaise, car elle
étoit vive. Je m'assis. Elle pensa que
je pourrois avoir froid, elle détacha
de dessus les chaises un coussin qu'elle
posa devant moi, se baissa, et me prit
les deux pieds qu'elle mit dessus ; ensuite elle alla se placer derrière la
chaise et s'appuyer sur le dossier. Je
fis d'abord des accords, ensuite je jouai
quelques pièces de Couprin, de Ra-
meau, de Scarlatti ; cependant elle
avoit levé un coin de mon linge de
cou, sa main étoit placée sur mon
épaule nue, et l'extrémité de ses doigts
posée sur ma gorge. Elle soupiroit, elle
paroissoit oppressée, son haleine s'em-
barassoit ; la main qu'elle tenoit sur
mon épaule d'abord la pressoit fortement, puis elle ne la pressoit plus du

tout, comme si elle eût été sans force et sans vie , et sa tête tomboit sur la mienne. En vérité cette folle-là étoit d'une sensibilité incroyable, et avoit le goût le plus vif pour la musique ; je n'ai jamais connu personne sur qui elle eût produit des effets aussi singuliers.

Nous nous amusions ainsi d'une manière aussi simple que douce, lorsque tout-à-coup la porte s'ouvrit avec violence ; j'en eus frayeur, et la supérieure aussi : c'étoit cette extravagante de sainte-Thérèse : son vêtement étoit en désordre, ses yeux étoient troublés, elle nous parcouroit l'une et l'autre avec l'attention la plus bisarre ; les lèvres lui trembloient, elle ne pouvoit parler. Cependant elle revint à elle , et se jetta aux pieds de la supérieure ; je joignis ma prière à la sienne, et j'obtins encore son pardon ; mais la supérieure lui protesta, de la manière la plus ferme, que ce seroit le dernier, du moins pour des fautes de cette nature, et nous sortîmes toutes deux ensemble.

En retournant dans nos cellules, je lui dis : chère sœur, prenez garde, vous indisposerez notre mère ; je ne vous abandonnerai pas, mais vous userez mon crédit auprès d'elle, et je serai désespérée de ne pouvoir plus rien ni pour vous, ni pour aucune autre. Mais quelles sont vos idées ? — Point de réponse. — Que craignez-vous de moi ? — Point de réponse. — Est-ce que notre mère ne peut pas nous aimer également toutes deux ? — Non, non, me répondit-elle avec violence, cela ne se peut ; bientôt je lui répugnerai, et j'en mourrai de douleur. Ah ! pourquoi êtes-vous venue ici ? Vous n'y serez pas heureuse long-tems, j'en suis sûre, et je serai malheureuse pour toujours. — Mais, lui dis-je, c'est un grand malheur, je le sais, que d'avoir perdu la bienveillance de la supérieure ; mais j'en connois un

bien plus grand, c'est de l'avoir mérité ; vous n'avez rien à vous repro-
cher. — Ah ! plût à Dieu ! — Si vous
vous accusez en vous-même de quelque faute, il faut la réparer ; et le
moyen le plus sûr, c'est d'en suppor-
ter patiemment la peine. — Je ne saurois, je ne saurois ; et puis est-ce à elle
à m'en punir ? — A elle ? sœur Thérèse, à elle ! est-ce qu'on parle ainsi
d'une supérieure ? Cela n'est pas bien,
vous vous oubliez. Je suis sûre que
cette faute est plus grave qu'aucune de
celles que vous vous reprochez. — Ah !
plût à Dieu ! me dit-elle encore, plût
à Dieu ! . . . et nous nous séparâmes,
elle pour aller se dérober dans sa cellule,
moi pour aller rêver dans la mienne
à la bisarrerie des têtes de femmes.
Voilà l'effet de la retraite. L'homme
est né pour la société ; séparez-le,
isolez-le, ses idées se désuniront, son
caractère se tournera, mille affections
ridicules s'élèveront dans son cœur,

des pensées extravagantes germeront
dans son esprit comme les mauvaises
herbes dans un champ non cultivé.
Placez un homme dans une forêt, il
y deviendra féroce; dans un cloître,
où l'idée de nécessité se joint à celle
de servitude, c'est pis encore. On sort
d'une forêt, on ne sort plus d'un cloître; on est libre dans la forêt, on est
esclave dans le cloître. Il faut peut-
être plus de force d'ame encore pour
résister à la solitude qu'à la misère;
la misère avilit, la retraite déprave.
Vaut-il mieux vivre dans l'abjection
que dans la folie ? c'est ce que je n'o-
serois décider; mais il faut éviter l'une
et l'autre.

Je voyois croître de jour en jour la
tendresse que la supérieure avoit con-
çue pour moi. J'étois sans cesse dans
sa cellule, ou elle dans la mienne;
pour la moindre indisposition, elle
m'ordonnoit l'infirmerie, elle me dis-
pensoit des offices, elle m'envoyoit

coucher de bonne heure, ou m'inter-
disoit l'oraison du matin. Au chœur,
au réfectoire, à la récréation, elle
trouvoit moyen de me donner des marques d'amitié ; au chœur, s'il se ren-
controit un verset qui contînt quelque
sentiment affectueux et tendre, elle
le chantoit en me l'adressant, ou elle
me regardoit s'il étoit chanté par une
autre ; au réfectoire, elle m'envoyoit
toujours quelque chose de ce qu'on lui
servoit d'exquis ; à la récréation, elle
m'embrassoit par le milieu du corps,
elle me disoit les choses les plus douces et les plus obligeantes ; on ne lui
faisoit aucun présent que je ne le parta-
geasse ; sucre, café, liqueurs, tabac, linge,
mouchoirs, quoi que ce fût ; elle avoit
déparé sa cellule d'estampes, d'usten-
siles, de meubles et d'une infinité de
choses agréables ou commodes, pour
en orner la mienne ; je ne pouvois
preque pas m'en absenter un moment,
qu'à mon retour je ne me trouvasse

enrichie de quelques dons. J'allois l'en
remercier chez elle, et elle en ressen-
toit une joie qui ne se peut exprimer ;
elle m'embrassoit, me caressoit, me
prenoit sur ses genoux, m'entretenoit
des choses les plus secrettes de la maison, et se promettoit, si je l'aimois,
une vie mille fois plus heureuse que
celle qu'elle auroit passée dans le
monde. Après cela elle s'arrêtoit, me
regardoit avec des yeux attendris, et
me disoit : sœur Suzanne, m'aimez-
vous ?— Et comment ferois-je pour ne
pas vous aimer ? Il faudroit que j'eusse
l'ame bien ingrate. — Cela est vrai. —
Vous avez tant de bonté. — Dites de
goût pour vous.... Et, en prononçant
ces mots, elle baissoit les yeux, la
main dont elle me tenoit embrassée,
me serroit plus fortement, celle qu'elle
avoit appuyée sur mon genou pressoit
davantage, elle m'attiroit sur elle,
mon visage se trouvoit placé sur le
sien, elle soupiroit, elle se renversoit

sur sa chaise , elle trembloit, on eût
dit qu'elle avoit à me confier quelque
chose , et qu'elle n'osoit; elle versoit
des larmes , et puis elle me disoit : ah !
sœur Suzanne , vous ne m'aimez pas !
—Je ne vous aime pas , chère mère !
— Non. — Et dites-moi ce qu'il faut
que je fasse pour vous le prouver.—
Il faudroit que vous le devinassiez. —
Je cherche , je ne devine rien. — Cependant elle avoit levé son linge de
cou , et elle avoit mis une de mes
mains sur sa gorge ; elle se taisoit, je
me taisois aussi ; elle paroissoit goûter
le plus grand plaisir. Elle m'invitoit à
lui baiser le front, les joues, les yeux
et la bouche , et je lui obéissois ; je ne
crois pas qu'il y eût du mal à cela ;
cependant son plaisir s'accroissoit, et
comme je ne demandois pas mieux que
d'ajouter à son bonheur d'une manière
aussi innocente, je lui baisois encore le
front, les joues , les yeux et la bouche. La main qu'elle avoit posée sur

mon genou se promenoit sur tous mes
vêtemens, depuis l'extrémité de mes
pieds jusqu'à ma ceinture, me pressant
tantôt dans un endroit, tantôt en un
autre ; elle m'exhortoit en bégayant,
et d'une voix altérée et basse, à re-
doubler mes caresses ; je les redoublai :
enfin, il vint un moment, je ne sais
si ce fut de plaisir ou de peine, où elle
devint pâle comme la mort, ses yeux
se fermèrent, tout son corps se tendit avec violence, ses lèvres se pres-
sèrent d'abord, elles étoient humec-
tées comme d'une mousse légère, puis
sa bouche s'entrouvrit, et elle me
parut mourir en poussant un profond
soupir. Je me levai brusquement, je
crus qu'elle se trouvoit mal, je voulois sortir, appeller. Elle entr'ouvrit
foiblement les yeux, et me dit d'une
voix éteinte : innocente, ce n'est rien ;
qu'allez-vous faire ? arrêtez... Je la regardai avec de grands yeux hébétés, in-
certaine si je resterois ou si je sortirois.

Elle rouvrit encore les yeux, elle ne pouvoit plus parler du tout ; elle me fit signe d'approcher et de me replacer sur ses genoux. Je ne sais ce qui se passoit en moi, je craignois, je tremblois, le cœur me palpitoit, j'avois de la peine à respirer, je me sentois troublée, oppressée, agitée ; j'avois peur, il me sembloit que les forces m'abandonnoient et que j'allois défaillir ; cependant je ne saurois dire que ce fût de la peine que je ressentisse. J'allai près d'elle ; elle me fit signe encore de la main de m'asseoir sur ses genoux ; je m'assis. Elle étoit comme morte, et moi comme si j'allois mourir. Nous demeurâmes assez long-tems l'une et l'autre dans cet état singulier. Si quelque religieuse fût survenue, en vérité elle eût été bien effrayée, elle auroit imaginé, ou que nous nous étions trouvées mal, ou que nous nous étions endormies. Cependant cette bonne supérieure, car il est impossible d'être

si sensible et de n'être pas bonne, me
parut revenir à elle. Elle étoit toujours renversée sur sa chaise, ses yeux
étoient toujours fermés , son visage
s'étoit animé des plus belles couleurs;
elle prenoit une de mes mains qu'elle
baisoit, et moi je lui disois : ah ! chère
mère , vous m'avez bien fait peur....
Elle sourit doucement sans ouvrir les
yeux. Mais est-ce que vous n'avez pas
souffert ? — Non. — Je l'ai cru. — L'innocente ! ah ! la chère innocente !
qu'elle me plaît !... Et en disant ces
mots, elle se releva, se remit sur sa
chaise, me prit à brasse-corps et me
baisa sur les joues avec beaucoup de
force, puis elle me dit : quel âge avez-
vous ? — Je n'ai pas encore vingt ans.
— Cela ne se conçoit pas. — Chère
mère, rien n'est plus vrai. — Je veux
savoir toute votre vie, vous me la
direz ? — Oui, chère mère ? — Toute ?
— Toute. — Mais on pourroit venir,
allons nous mettre au clavecin, vous

me donnerez leçon.... — Nous y al-
lâmes ; mais je ne sais comment cela
se fit, les mains me trembloient , le
papier ne me montroit qu'un amas
confus de notes ; je ne pus jamais jouer.
Je le lui dis , elle se mit à rire, elle
prit ma place , mais ce fut pis encore,
à peine pouvoit-elle soutenir ses bras.
Mon enfant , me dit-elle , je vois que
tu n'es guère en état de montrer , ni
moi d'apprendre ; je suis un peu fatiguée, il faut que je me repose, adieu.
Demain, sans plus tarder , je veux savoir tout ce qui s'est passé dans cette
chère petite ame – là ; adieu...... Les
autres fois , quand je sortois, elle m'ac-
compagnoit jusqu'à sa porte, elle me
suivoit des yeux tout le long du corridor jusqu'à la mienne, elle me jettoit un baiser avec les mains , et ne
rentroit chez elle que quand j'étois
rentrée chez moi : cette fois-ci , à peine
se leva-t-elle, ce fut tout ce qu'elle
put faire que de gagner le fauteuil qui
éloit

étoit à côté de son lit, elle s'assit, pencha la tête sur son oreiller, me jetta le baiser avec les mains; ses yeux se fermèrent, et je m'en allai.

Ma cellule étoit presque vis-à-vis de la cellule de Sainte - Thérèse, la sienne étoit ouverte; elle m'attendoit, elle m'arrêta et me dit : ah ! Sainte-Suzanne, vous venez de chez notre mère ? — Oui, lui dis-je. — Vous y êtes demeurée long-tems. — Autant qu'elle l'a voulu. — Ce n'est pas là ce que vous m'aviez promis. — Je ne vous ai rien promis. — Oseriez-vous bien me dire ce que vous y avez fait ?... — Quoique ma conscience ne me repro-châtrien, je vous avouerai cependant, monsieur le marquis, que sa question me troubla ; elle s'en apperçut, elle insista et je lui répondis : chère sœur, peut-être ne m'en croirez - vous pas, mais vous en croirez peut-être notre chère mère, et je la prierai de vous en instruire. — Ma chère Sainte-Suzanne,

me dit-elle avec vivacité, gardez-vous-
en bien ; vous ne voulez pas me rendre malheureuse, elle ne me le par-
donneroit jamais, vous ne la connoissez
pas, elle est capable de passer de la
plus grande sensibilité jusqu'à la fé-
rocité, je ne sais pas ce que je deviendrois. Promettez-moi de ne lui rien
dire. — Vous le voulez ? — Je vous le
demande à genoux. Je suis désespérée,
je vois bien qu'il faut se résoudre, je
me résoudrai. Promettez-moi de ne
lui rien dire... — Je la relevai, je lui
donnai ma parole, elle y compta, et
elle eut raison, et nous nous renfermâ-
mes, elle dans sa cellule, moi dans
la mienne.

Rentrée chez moi, je me trouvai
rêveuse ; je voulus prier, et je ne le
pus pas ; je cherchai à m'occuper ; je
commençai un ouvrage, que je quittai
pour un autre, que je quittai pour un
autre encore ; mes mains s'arrêtoient
d'elles-mêmes, et j'étois comme im-

bécille ; jamais je n'avois rien éprouvé
de pareil. Mes yeux se fermèrent d'eux-
mêmes ; je fis un petit sommeil, quoique je ne dorme jamais le jour. Réveil-
lée, je m'interrogeai sur ce qui s'étoit
passé entre la supérieure et moi ; je
m'examinai, je crus entrevoir en
m'examinant encore... mais c'étoit des
idées si vagues, si folles, si ridicules,
que je les rejettai loin de moi. Le ré-
sultat de mes réflexions, c'est que
c'étoit peut-être une maladie à laquelle elle étoit sujette ; puis il m'en
vint une autre, c'est que peut-être
cette maladie se gagnoit, que Sainte-
Thérèse l'avoit prise, et que je la pren-
drois aussi.

Le lendemain, après l'office du matin, notre supérieure me dit : Sainte-
Suzanne, c'est aujourd'hui que j'espère savoir tout ce qui vous est arrivé ;
venez... J'allai. Elle me fit asseoir dans
son fauteuil à côté de son lit, et elle
se mit sur une chaise un peu plus basse ;

K 2

je la dominois un peu, parce que je suis
plus grande et que j'étois plus élevée.
Elle étoit si proche de moi que mes
deux genoux étoient entrelacés dans
les siens, et elle étoit accoudée sur son
lit. Après un petit moment de silence
je lui dis : quoique je sois bien jeune,
j'ai bien eu de la peine; il y aura bientôt vingt ans que je suis au monde, et
vingt ans que je souffre. Je ne sais si
je pourrai vous dire tout, et si vous
aurez le cœur de l'entendre ; peines
chez mes parens, peines au couvent
de Sainte-Marie, peines au couvent
de Longchamp, peines par-tout, chère
mère, par où voulez-vous que je commence ? — Par les premières. — Mais,
lui dis-je, chère mère, cela sera bien
long et bien triste, et je ne voudrois
pas vous attrister si long-tems. — Ne
crains rien ; j'aime à pleurer, c'est un
état délicieux pour une ame tendre que
celui de verser des larmes. Tu dois
aimer à pleurer aussi, tu essuieras mes

larmes, j'essuierai les tiennes, et peut-
être nous serons heureuses au milieu
du récit de tes souffrances ; qui sait
jusqu'où l'attendrissement peut nous
mener ?... et en prononçant ces derniers mots, elle me regarda de bas en
haut avec des yeux déjà humides ; elle
me prit les deux mains ; elle s'approcha
de moi plus près encore, en sorte qu'elle
me touchoit et que je la touchois. Raconte, mon enfant, dit-elle, j'attends,
je me sens les dispositions les plus pres-
santes à m'attendrir ; je ne pense pas
avoir eu de ma vie un jour plus com-
patissant et plus affectueux... Je commençai donc mon récit à - peu - près
comme je viens de vous l'écrire. Je ne
saurois vous dire l'effet qu'il produisit
sur elle, les soupirs qu'elle poussa,
les pleurs qu'elle versa, les marques
d'indignation qu'elle donna contre mes
cruels parens, contre les filles affreu-
ses de Sainte-Marie, contre celles de
Longchamp; je serois bien fâchée qu'il

leur arrivât la plus petite partie des
maux qu'elle leur souhaita ; je ne voudrois pas avoir arraché un cheveu de
la tête à mon plus cruel ennemi. De
tems en tems elle m'interrompoit, elle
se levoit, elle se promenoit, puis elle
se rasseyoit à sa place ; d'autres fois
elle levoit les yeux et les mains au
ciel, et puis elle se cachoit la tête entre mes genoux. Quand je lui parlai de
ma scène du cachot, de celle de mon
exorcisme, de mon amende-honorable, elle poussa presque des cris ; quand
je fus à la fin, je me tus, et elle resta
pendant quelque tems le corps penché
sur son lit, le visage caché dans sa
couverture et les bras étendus au-
dessus de sa tête ; et moi je lui disois :
chère mère, je vous demande pardon
de toute la peine que je vous ai cau-
sée, je vous en avois prévenue, mais
c'est vous qui l'avez voulu .. et elle ne
me répondit que par ces mots : les méchantes créatures ! les horribles créa-

tures ! Il n'y a que dans les couvens où l'humanité puisse s'éteindre à ce point. Lorsque la haine vient à s'unir à la mauvaise humeur habituelle, on ne sait plus où les choses seront portées. Heureusement je suis douce ; j'aime toutes mes religieuses ; elles ont pris, les unes plus, les autres moins de mon caractère, et toutes elles s'aiment entr'elles. Mais comment cette foible santé a-t-elle pu résister à tant de tourmens ? Comment tous ces petits membres n'ont-ils pas été brisés ? Comment toute cette machine délicate n'a-t-elle pas été détruite ? Comment l'éclat de ces yeux ne s'est-il pas éteint dans les larmes ? Les cruelles ! serrer ces bras avec des cordes !... et elle me prenoit les bras et elle les baisoit. ... Noyer de larmes ces yeux !...... et elle les baisoit...... Arracher la plainte et le gémissement de cette bouche !... et elle la baisoit... Condamner ce visage charmant et se-

rein à se couvrir sans cesse des nuages
de la tristesse !.... et elle le baisoit...
Faner les roses de ces joues !... et elle
les flattoit de la main et les baisoit...
Déparer cette tête ! arracher ces cheveux ! charger ce front de soucis!... et
elle baisoit ma tête, mon front, mes
cheveux.... Oser entourer ce cou d'une
corde et déchirer ces épaules avec des
pointes aiguës !.... et elle écartoit mon
linge de cou et de tête ; elle entrou-
vroit le haut de ma robe ; mes cheveux tomboient épars sur mes épaules
decouvertes ; ma poitrine étoit à demi-
nue, et ses baisers se répandoient sur
mon cou , sur mes épaules découvertes
et sur ma poitrine à demi - nue. Je
m'apperçus alors au tremblement qui
la saisissoit, au trouble de son discours , à l'égarement de ses yeux et de
ses mains, à son genou qui se pressoit
entre les miens, à l'ardeur dont elle
me serroit , et à la violence dont ses
bras m'enlaçoient, que sa maladie ne

tarderoit pas à la prendre. Je ne sais
ce qui se passoit en moi, mais j'étois
saisie d'une fraveur, d'un tremblement
et d'une défaillance qui me vérifioient
le soupçon que j'avois eu que son mal
étoit contagieux. Je lui dis : chère
mère, voyez dans quel désordre vous
m'avez mise ! si l'on venoit....—Reste,
reste, me dit-elle d'une voix oppressée, on ne viendra pas... — Cependant
je faisois effort pour me lever et m'arracher d'elle, et je lui disois : chère
mère, prenez garde, voilà votre mal
qui va vous prendre. Souffrez que je
m'éloigne.... Je voulois m'éloigner ; je
le voulois, cela est sûr, mais je ne le
pouvois pas. Elle étoit assise, j'étois
debout ; elle m'attiroit ; je craignis de
tomber sur elle et de la blesser ; je
m'assis sur le bord de son lit, et je
lui dis : chère mère, je ne sais ce que
j'ai, je me trouve mal. Et moi aussi,
me dit-elle ; mais repose-toi un moment, cela se passera, ce ne sera

rien...... En effet, ma supérieure reprit du calme et moi aussi. Nous
étions l'une et l'autre abattues, moi,
la tête penchée sur son oreiller, elle,
la tête posée sur un de mes genoux,
le front placé sur une de mes mains.
Nous restâmes quelques momens dans
cet état; je ne sais ce qu'elle pensoit,
pour moi, je ne pensois à rien, je ne
le pouvois; j'étois d'une foiblesse qui
m'occupoit tout entière. Nous gardions
le silence lorsque la supérieure le
rompit la première; elle me dit:
Suzanne, il m'a paru par ce que vous
m'avez dit de votre première supérieure, qu'elle vous étoit fort chère.
— Beaucoup. — Elle ne vous aimoit
pas mieux que moi, mais elle étoit
mieux aimée de vous.... Vous ne me
répondez pas? — J'étois malheureuse, elle adoucissoit mes peines.—
Mais d'où vient votre répugnance pour
la vie religieuse? Suzanne, vous ne
m'avez pas tout dit. — Pardonnez-

moi , madame. — Quoi ! il n'est pas
possible, aimable comme vous l'êtes,
car, mon enfant, vous l'êtes beaucoup, vous ne savez pas combien,
que personne ne vous l'ait dit. — On
me l'a dit. — Et celui qui vous le
disoit ne vous déplaisoit pas ? — Non.
— Et vous vous êtes pris de goût pour
lui ? — Point du tout. — Quoi ! votre
cœur n'a jamais rien senti ? — Rien.
— Quoi ! ce n'est pas une passion ,
ou secrète ou désapprouvée de vos
parens, qui vous a donné de l'aversion pour le couvent ? Confiez - moi
cela , je suis indulgente. — Je n'ai,
chère mère, rien à vous confier là-
dessus. — Mais encore une fois , d'où
vient votre répugnance pour la vie religieuse ? — De la vie même. J'en hais
les devoirs, les occupations, la retraite , la contrainte, il me semble
que je suis appellée à autre chose. —
Mais à quoi cela vous semble-t-il. —
A l'ennui qui m'accable ; je m'ennuie.

— Ici même ? — Oui, chère mère, ici même, malgré toute la bonté que vous avez pour moi. — Mais, est-ce que vous éprouvez en vous-même des mouvemens, des desirs ? — Aucun. — Je le crois ; vous me paroissez d'un caractère tranquille. — Assez. — Froid même. — Je ne sais. — Vous ne connoissez pas le monde ? — Je le connois peu. — Quel attrait peut-il donc avoir pour vous ? — Cela ne m'est pas bien expliqué ; mais il faut pourtant qu'il en ait. — Est-ce la liberté que vous regrettez ? — C'est cela, et peut-être beaucoup d'autres choses. — Et ces autres choses, quelles sont-elles ? Mon amie, parlez-moi à cœur ouvert, voudriez-vous être mariée ? — Je l'aimerois mieux que d'être ce que je suis, cela est certain. — Pourquoi cette préférence. — Je l'ignore. — Vous l'ignorez ! Mais dites-moi, quelle impression fait sur vous la présence d'un homme ? Aucune ; s'il a de l'esprit

et

et qu'il parle bien, je l'écoute avec
plaisir; s'il est d'une belle figure, je le
remarque. — Et votre cœur est tranquille? — Jusqu'à présent il est resté
sans émotion. — Quoi! lorsqu'ils ont
attaché leurs regards animés sur les
vôtres, vous n'avez pas ressenti.... —
Quelquefois de l'embarras; ils me faisoient baisser les yeux. — Et sans aucun
trouble? — Aucun. — Et vos sens ne
vous disoient rien? — Je ne sais pas ce
que c'est que le langage des sens. — Ils
en ont un cependant? — Cela se peut.
— Et vous ne le connoissez pas? —
Point du tout. — Quoi! vous.... C'est
un langage bien doux, et voudriez-
vous le connoître? — Non, chère
mère; à quoi cela me serviroit-il? —
A dissiper votre ennui. — A l'aug-
menter, peut-être. Et puis, que si-
gnifie ce langage des sens, sans objet?
— Quand on parle c'est toujours à quelqu'un; cela vaut mieux, sans doute,
que de s'entretenir seule, quoique ce

ne soit pas tout-à-fait sans plaisir. —
Je n'entends rien à cela. — Si tu voulois, chère enfant, je te deviendrois
plus claire. — Non, chère mère, non.
Je ne sais rien et j'aime mieux ne rien
savoir que d'acquérir des connoissances
qui me rendroient plus à plaindre que
je ne le suis. Je n'ai point de desirs,
et je n'en veux point chercher que je
ne pourrois satisfaire. — Et pourquoi
ne le pourrois-tu pas?—Et comment le
pourrois-je?—Comme moi.—Comme
vous ! Mais il n'y a personne dans
cette maison. — J'y suis, chère amie;
vous y êtes. — Eh bien ! que vous
suis-je? que m'êtes-vous? — Qu'elle
est innocente : — Oh ! il est vrai,
chère mère, que je le suis beaucoup,
et que j'aimerois mieux mourir que de
cesser de l'être.... — Je ne sais ce que
ces derniers mots pouvoient avoir de
fâcheux pour elle, mais ils la firent
tout - à - coup changer de visage; elle
devint sérieuse, embarrassée ; sa main

qu'elle avoit posée sur un de mes genoux, cessa d'abord de me presser, et
puis se retira ; elle tenoit ses yeux
baissés. Je lui dis : ma chère mère,
qu'est-ce qui m'est arrivé ? Est-ce
qu'il me seroit échappé quelque chose
qui vous auroit offensée, pardonnez-
moi. J'use de la liberté que vous
m'avez accordée ; je n'étudie rien de
ce que j'ai à vous dire ; et puis, quand
je m'étudierois, je ne dirois pas au-
trement ; peut-être plus mal. Les
choses dont nous nous entretenons me
sont si étrangères ! Pardonnez-moi.
En disant ces derniers mots, je jettai
mes deux bras autour de son cou, et
je posai ma tête sur son épaule. Elle
jetta les deux siens autour de moi, et
me serra fort tendrement. Nous demeurâmes ainsi quelques instans ; ensuite, reprenant sa tendresse et sa sé-
rénité, elle me dit : Suzanne, dormez-
vous bien ? — Fort bien, lui dis-je,
sur-tout depuis quelque tems. — Vous

endormez-vous tout de suite ? — Assez communément. — Mais quand vous ne vous endormez pas tout de suite, à quoi pensez-vous ? — A ma vie passée, à celle qui me reste, où je prie Dieu, ou je pleure ; que sais-je ? — Et le matin, quand vous vous éveillez de bonne heure ? — Je me lève. — Tout de suite ? — Tout de suite. — Vous n'aimez donc pas à rêver ? — Non. — A vous reposer sur votre oreiller ? — Non. — A jouir de la douce chaleur du lit ? — Non. — Jamais ?.... Elle s'arrêta à ce mot, et elle eut raison ; ce qu'elle avoit à me demander n'étoit pas bien, et peut-être ferois-je beaucoup plus mal de le dire, mais j'ai résolu de ne rien céler.... — Jamais vous n'avez été tentée de regarder avec complaisance combien vous êtes belle ? — Non, chère mère. Je ne sais pas si je suis si belle que vous dites ; et puis quand je le serois, c'est pour les autres qu'on est belle ;

et non pour soi. — Jamais vous n'avez pensé à promener vos mains sur cette belle gorge, sur ces cuisses, sur ce ventre, sur ces chairs si fermes, si douces et si blanches ? — Oh ! pour cela non, il y a du péché à cela, et si cela m'étoit arrivé, je ne sais comment j'aurois fait pour l'avouer à confesse.... — Je ne sais ce que nous dîmes encore, lorsqu'on vint l'avertir qu'on la demandoit au parloir. Il me parut que cette visite lui causoit du dépit, et qu'elle auroit mieux aimé continuer de causer avec moi, quoique ce que nous disions ne valût guère la peine d'être regretté; cependant nous nous séparâmes.

Jamais la communauté n'avoit été plus heureuse que depuis que j'y étois entrée. La supérieure paroissoit avoir perdu l'inégalité de son caractère; on disoit que je l'avois fixée. Elle donna même en ma faveur plusieurs jours de récréation, et ce qu'on appelle des fê-

L 3

tes ; ces jours on est un peu mieux servi qu'à l'ordinaire, les offices sont plus courts, et tout le tems qui les sépare est accordé à la récréation. Mais ce tems heureux devoit passer pour les autres et pour moi.

La scène que je viens de peindre fut suivie d'un grand nombre d'autres semblables que je néglige. Voici la suite de la précédente.

L'inquiétude commençoit à s'emparer de la supérieure, elle perdoit sa gaîté, son embonpoint, son repos. La nuit suivante, lorsque tout le monde dormoit et que la maison étoit dans le silence, elle se leva ; après avoir erré quelque tems dans les corridors, elle vint à ma cellule. J'ai le sommeil léger, je crus l'avoir entendue ; elle s'arrêta, en s'appuyant le front apparemment contre ma porte, elle fit assez de bruit pour me réveiller, si j'avois dormi. Je gardai le silence ; il me sembla que j'entendois une voix qui se plaignoit, quelqu'un qui soupiroit; j'eus d'abord un léger frisson, ensuite je me déterminai à dire *Ave*. Au lieu de me répondre, on s'éloignoit à pas légers. On revint quelque tems après; j'entendis encore des plaintes et des soupirs; je dis encore *Ave*, et l'on s'éloigna pour la seconde fois. Je me rassurai, je m'endormis. Pendant que je dormois on entra, on s'assit à côté de mon lit, on entr'ouvrit les rideaux d'une main, de l'autre on tenoit une petite bougie dont la lumière m'éclairoit le visage, et celle qui la portoit me regardoit dormir; ce fut du moins ce que j'en jugeai à son attitude lorsque j'ouvris les yeux, et cette personne, c'étoit la supérieure. Je me levai subitement; elle vit ma frayeur, elle me dit: Suzanne, rassurez-vous, c'est moi.... Je me remis la tête sur mon oreiller, et je lui dis: Chère mere, que faites-vous ici à l'heure qu'il est? Qu'est-ce qui peut vous avoir ame-

née ? Pourquoi ne dormez-vous pas ?
— Je ne saurois dormir, me répondit-
elle, je ne dormirai de long-tems. Ce
sont des songes fâcheux qui me tour-
mentent ; à peine ai-je les yeux fermés, que les peines que vous avez
souffertes se retracent à mon imagina-
tion ; je vous vois entre les mains de
ces inhumaines, je vois vos cheveux
épars sur votre visage, je vous vois les
pieds ensanglantés, la torche au poing,
la corde au cou, je crois qu'elles vont
disposer de votre vie, je frissonne, je
tremble, une sueur froide se répand
sur tout mon corps ; je veux aller à
votre secours, je pousse des cris ; je
m'éveille et c'est inutilement que j'attends que le sommeil revienne. Voilà
ce qui m'est arrivé cette nuit ; j'ai
craint que le ciel ne m'annonçât quelque malheur arrivé à mon amie ; je me
suis levée, je me suis approchée de
votre porte, j'ai écouté, il m'a semblé
que vous ne dormiez pas ; vous avez

parlé, je me suis retirée ; je suis revenue, vous avez encore parlé et je me suis encore éloignée ; je suis revenue une troisième fois, et lorsque j'ai cru que vous dormiez, je suis entrée. Il y a déjà quelque tems que je suis à côté de vous et que je crains de vous éveiller ; j'ai balancé d'abord si j'entr'ouvrirois vos rideaux, je voulois m'en aller, crainte de troubler votre repos, mais je n'ai pu résister au désir de voir si ma chère Suzanne se portoit bien ; je vous ai regardée ; que vous êtes belle à voir, même quand vous dormiez ! — Ma chère mère, que vous êtes bonne ! — J'ai pris du froid, mais je sais que je n'ai rien à craindre de fâcheux pour mon enfant, et je crois que je dormirai. Donnez-moi votre main. — Je la lui donnai. — Que son pouls est tranquille ! qu'il est égal ! rien ne l'émeut — J'ai le sommeil assez paisible. — Que vous êtes heureuse ! — Chère mère, vous continue-

rez de vous réfroidir. — Vous avez
raison; adieu, belle amie, adieu, je
m'en vais. — Cependant elle ne s'en
alloit point, elle continuoit à me regarder, deux larmes coulèrent de ses
yeux. Chere mère, lui dis-je, qu'a-
vez-vous ? vous pleurez; que je suis
fâchée de vous avoir entretenue de mes
peines. … A l'instant elle ferma ma
porte, elle éteignit sa bougie et elle
se précipita sur moi. Elle me tenoit
embrassée; elle étoit couchée sur ma
couverture à côté de moi, son visage
étoit collé sur le mien, ses larmes
mouilloient mes joues; elle soupiroit
et elle me disoit d'une voix plaintive
et entrecoupée : chère amie, ayez pitié de moi! — Chère mère, lui dis-je,
qu'avez-vous ? Est-ce que vous vous
trouvez mal ? Que faut-il que je fasse ?
— Je tremble, me dit-elle, je frissonne, un froid mortel s'est répandu
sur moi. Voulez-vous que je me lève
et que je vous cède mon lit ? — Non,

me dit-elle, il ne seroit pas nécessaire
que vous vous levassiez ; écartez seulement un peu la couverture, que je
m'approche de vous, que je me réchauffe et que je guérisse. — Chère
mère, lui dis-je, mais cela est défendu. Que diroit-on, si on le savoit ?
J'ai vu mettre en pénitence des religieuses pour des choses beaucoup moins
graves. Il arriva dans le couvent de
Sainte-Marie à une religieuse d'aller
la nuit dans la cellule d'une autre,
c'étoit sa bonne amie, et je ne saurois vous dire tout le mal qu'on en pensoit. Le directeur m'a demandé quelquefois si l'on ne m'avoit jamais proposé de venir dormir à côté de moi,
et il m'a sérieusement recommandé
de ne le pas souffrir. Je lui ai même
parlé des caresses que vous me fai-
siez ; je les trouve très-innocentes ;
mais lui, il n'en pense point ainsi ; je
ne sais comment j'ai oublié ses conseils.
Je m'étois bien proposé de vous en

parler. — Chère amie, me dit-elle, tout dort autour de nous, personne n'en saura rien. C'est moi qui récompense ou qui punit ; et quoi qu'en dise le directeur, je ne vois pas quel mal il y a à une amie de recevoir à côté d'elle une amie que l'inquiétude a saisie, qui s'est éveillée, et qui est venue pendant la nuit et malgré la rigueur de la saison, voir si sa bien-aimée n'étoit dans aucun péril. Suzanne, n'avez-vous jamais partagé le même lit chez vos parens avec une de vos sœurs ? — Non, jamais. — Si l'occasion s'en étoit présentée, ne l'auriez-vous pas fait sans scrupule ? Si votre sœur allarmée et transie de froid étoit venue vous demander place à côté de vous, l'auriez-vous refusée ? — Je crois que non. — Et ne suis-je pas votre chère mère ? — Oui, vous l'êtes, mais cela est défendu. — Chère amie, c'est moi qui le défends aux autres, et qui vous le permets et vous le demande.

Qué

Que je me réchauffe un moment et je m'en irai. Donnez-moi votre main.....
Je la lui donnai. Tenez, me dit-elle, tâtez, voyez ; je tremble, je frissonne, je suis comme un marbre, et cela étoit vrai. Oh! la chère mère, lui dis-je, elle en sera malade. Mais attendez, je vais m'éloigner sur le bord, et vous vous mettrez dans l'endroit chaud.....
Je me rangeai de côté, je levai la couverture et elle se mit à ma place. O qu'elle étoit mal! Elle avoit un tremblement général dans tous les membres ; elle vouloit me parler, elle vouloit s'approcher de moi, elle ne pouvoit articuler, elle ne pouvoit se remuer. Elle me disoit à voix basse : Suzanne, mon amie, approchez-vous un peu.... Elle étendoit ses bras ; je lui tournois le dos, elle me prit doucement, elle me tira vers elle, elle passa son bras droit sous mon corps et l'autre dessus, et elle me dit: je suis glacée, j'ai si froid que je crains de vous tou-

cher, de peur de vous faire mal. —
Chère mère, ne craignez rien. — Aussi-tôt elle mit une de ses mains sur ma
poitrine et l'autre autour de ma ceinture ; ses pieds étoient posés sur les
miens et je les pressois pour les ré-
chauffer , et la chère mère me disoit :
ah ! chère amie, voyez comme mes
pieds se sont promptement réchauffés
parce qu'il n'y a rien qui les sépare
des vôtres. — Mais, lui dis-je, qui empêche que vous ne vous réchauffiez
par-tout de la même manière ? —
Rien, si vous voulez. — Je m'étois
retournée, elle avoit écarté son linge
et j'allois écarter le mien, lorsque
tout-à-coup on frappa deux coups vio-
lens à la porte. Effrayée, je me jette
sur-le-champ hors du lit d'un côté, et
la supérieure de l'autre ; nous écoutons
et nous entendons quelqu'un qui re-
gagnoit sur la pointe du pied la cellule
voisine. Ah ! lui dis-je , c'est ma sœur
Sainte-Thérèse, elle vous aura vue

passer dans le corridor et entrer chez
moi ; elle nous aura écoutées, elle
aura surpris nos discours ; que dira-
t-elle ?... J'étois plus morte que vive.
—Oui, c'est elle, me dit la supérieure
d'un ton irrité, c'est elle, je n'en doute
pas ; mais j'espère qu'elle se ressou-
viendra long-tems de sa témérité. —
Ah ! chère mère, lui dis-je, ne lui
faites point de mal. — Suzanne, me
dit-elle, adieu, bon soir ; recouchez-
vous, dormez bien, je vous dispense
de l'oraison. Je vais chez cette étour-
die. Donnez-moi votre main... Je la
lui tendis d'un bord du lit à l'autre ;
elle releva la manche qui me couvroit
le bras, elle le baisa en soupirant, sur
toute la longueur, depuis l'extrémité
des doigts jusqu'à l'épaule, et elle sortit en protestant que la téméraire qui
avoit osé la troubler s'en ressouviendroit. Aussi-tôt je m'avançai promptement à l'autre bord de ma couche vers
la porte, et j'écoutai : elle entra chez

sœur Thérèse. Je fus tentée de me
lever, et d'aller m'interposer entre
elle et la supérieure, s'il arrivoit que
la scène devînt violente ; mais j'étois
si troublée, si mal à mon aise, que
j'aimai mieux rester dans mon lit, mais
je n'y dormis pas. Je pensai que j'allois devenir l'entretien de la maison,
que cette aventure qui n'avoit rien en
soi que de bien simple, seroit racontée
avec les circonstances les plus défavo-
rables, qu'il en seroit ici pis encore
qu'à Longchamp, où je fus accusée de
je ne sais quoi ; que notre faute par-
viendroit à la connoissance des supérieurs, que notre mère seroit déposée
et que nous serions l'une et l'autre sévèrement punies. Cependant j'avois
l'oreille au guet, j'attendois avec impatience que notre mère sortît de chez
sœur Thérèse. Cette affaire fut difficile à accommoder apparemment, car
elle y passa presque la nuit. Que je
la plaignois ! Elle étoit en chemise,

toute nue et transie de colère et de
froid.

Le matin, j'avois bien envie de pro-
fiter de la permission qu'elle m'avoit
donnée et de demeurer couchée ; cependant il me vint en esprit qu'il
n'en falloit rien faire. Je m'habillai
bien vîte et me trouvai la première au
chœur, où la supérieure et Sainte-
Thérèse ne parurent point, ce qui me
fit grand plaisir : premièrement, parce
que j'aurois eu de la peine à soutenir
le regard de cette sœur sans embarras ;
secondement, c'est que puisqu'on lui
avoit permis de s'absenter de l'office,
elle avoit apparemment obtenu un
pardon qu'elle ne lui auroit accordé
qu'à des conditions qui devoient me
tranquilliser. J'allai la voir : elle étoit
encore au lit, elle avoit l'air abattu ;
elle me dit : j'ai souffert, je n'ai point
dormi ; Sainte-Thérèse est folle, si cela
lui arrive encore je l'enfermerai. —Ah !
chère mère, lui dis-je, ne l'enfermez

M 3

jamais. — Cela dépendra de sa conduite : elle m'a promis qu'elle seroit
meilleure, et j'y compte. Et vous,
chère Suzanne, comment vous portez-
vous ? — Bien, chère mère. — Avez-
vous un peu reposé ? — Fort peu. —
On m'a dit que vous aviez été au chœur;
pourquoi n'êtes-vous pas restée dans
vos draps?—J'y aurois été mal ; et puis
j'ai pensé qu'il valoit mieux... — Non,
il n'y avoit point d'inconvénient. Mais
je me sens quelque envie de sommeil-
ler ; je vous conseille d'en aller faire
autant chez vous, à moins que vous
n'aimiez mieux accepter une place à
côté de moi. — Chère mère, je vous
suis infiniment obligée ; j'ai l'habitude
de coucher seule, et je ne saurois dormir avec une autre. — Allez donc. Je
ne descendrai point au réfectoire à
dîner; on me servira ici : peut-être
ne me leverai-je pas de tout le reste
de la journée. Vous viendrez avec
quelques autres que j'ai fait avertir,

—Et sœur Sainte-Thérèse en sera-
t-elle, lui demandai-je ? — Non, me
répondit-elle — Je n'en suis pas fâchée. — Et pourquoi ? — Je ne sais :
il me semble que je crains de la ren-
contrer. — Rassurez-vous, mon enfant : je te réponds qu'elle a plus de
frayeur de toi, que tu n'en dois avoir
d'elle.

Je la quittai, j'allai me reposer.
L'après-midi, je me rendis chez la
supérieure, où je trouvai une assemblée assez nombreuse des religieuses
les plus jeunes et les plus jolies de la
maison : les autres avoient fait leur
visite, et s'étoient retirées. Vous qui
vous connoissez en peinture, je vous
assure, monsieur le marquis, que
c'étoit un assez agréable tableau à
voir. Imaginez un attelier de dix à
douze personnes, dont la plus jeune
pouvoit avoir quinze ans, et la plus
âgée n'en avoit pas vingt-trois ; une
supérieure qui touchoit à la quaran-

taine, blanche, fraîche, pleine d'embonpoint, à moitié levée sur son lit,
avec deux mentons qu'elle portoit d'assez bonne grace, des bras ronds comme
s'ils avoient été tournés, des doigts en
fuseau, et tout parsemés de fossettes,
des yeux noirs, grands, vifs et tendres,
presque jamais entièrement ouverts à
demi-fermés, comme si celle qui les
possédoit eût éprouvé quelque fatigue
à les ouvrir, des lèvres vermeilles comme la rose, des dents blanches comme
le lait, les plus belles joues, une tête
fort agréable, enfoncée dans un orei-
ler profond et mollet, les bras étendus
mollement à ses côtés, avec de petits
coussins sous les coudes pour les soutenir. J'étois assise sur le bord de son
lit, et je ne faisois rien ; une autre dans
un fauteuil, avec un petit métier à
broder sur ses genoux ; d'autres vers
les fenêtres faisoient de la dentelle ;
il y en avoit à terre, assises sur les
coussins qu'on avoit ôtés des chaises,

qui cousoient, qui brodoient, qui par-
filoient et qui filoient au petit rouet.
Les unes étoient blondes, d'autres
brunes: aucune ne se ressembloit, quoiqu'elles fussent toutes belles. Leurs ca-
ractères étoient aussi variés que leurs
physionomies ; celles-ci étoient serei-
nes; celles-là gaies ; d'autres sérieuses,
mélancoliques ou tristes. Toutes tra-
vailloient, excepté moi, comme je vous
l'ai dit. Il n'étoit pas difficile de dis-
cerner les amies des indifférentes et des
ennemies ; les amies s'étoient placées
ou l'une à côté de l'autre ou en face ;
et tout en faisant leur ouvrage, elles
causoient, elles se conseilloient, elles
se regardoient furtivement, elles se
pressoient les doigts, sous prétexte de
se donner une épingle, une aiguille,
des ciseaux. La supérieure les parcouroit des yeux; elle reprochoit à l'une
son application, à l'autre son oisiveté,
à celle-ci son indifférence, à celle-là
sa tristesse ; elle se faisoit apporter

l'ouvrage, elle louoit ou blâmoit; elle raccommodoit à l'une son ajustement de tête.... Ce voile est trop avancé.... Ce linge prend trop du visage, ou ne vous voit pas assez les joues.... Voilà des plis qui font mal,... Elle distribuoit à chacune ou de petits reproches ou de petites caresses.

Tandis qu'on étoit ainsi occupé, j'entendis frapper doucement à la porte, j'y allai. La supérieure me dit: Sainte-Suzanne, vous reviendrez. — Oui, chère mère. — N'y manquez pas, car j'ai quelque chose d'important à vous communiquer. — Je vais rentrer... C'étoit cette pauvre Sainte-Thérèse. Elle demeura un petit moment sans parler et moi aussi; ensuite je lui dis: chère sœur, est-ce à moi que vous en voulez? — Oui. — A quoi puis-je vous servir? — Je vais vous le dire. J'ai encouru la disgrace de notre chère mère; je croyois qu'elle m'avoit pardonnée, et j'avois quelque raison de le

penser ; cependant vous êtes toutes
assemblées chez elle, je n'y suis pas,
et j'ai ordre de demeurer chez moi.
— Est-ce que vous voudriez entrer ?
— Oui. — Est-ce que vous souhaiteriez
que j'en sollicitasse la permission ? —
Oui. — Attendez, chère amie, j'y vais.
— Sincèrement, vous lui parlerez pour
moi ? — Sans doute ; et pourquoi ne
vous le promettrois-je pas, et pourquoi ne le ferois-je pas après vous l'a-
voir promis ? — Ah ! me dit-elle, en
me regardant tendrement, je lui pardonne le goût qu'elle a pour vous,
c'est que vous possédez tous les char-
mes, la plus belle ame et le plus beau
corps... — J'étois enchantée d'avoir ce
petit service à lui rendre. Je rentrai.
Une autre avoit pris ma place en mon
absence sur le bord du lit de la supérieure, étoit penchée vers elle, le
coude appuyé entre ses deux cuisses,
et lui montrant son ouvrage ; la supérieure, les yeux presque fermés, lui di-

soit, oui et non, sans presque la regarder, et j'étois debout à côté d'elle sans
qu'elle s'en apperçût. Cependant elle
ne tarda pas à revenir de sa légère distraction. Celle qui avoit pris ma place
me la rendit, je me rassis ; ensuite me
penchant vers la supérieure, qui s'é-
toit un peu relevée sur ses oreillers,
je me tus ; mais je la regardois comme
si j'avois quelque chose à lui demander.
Eh bien ! me dit-elle, qu'est-ce qu'il
y a ? parlez, que voulez-vous ? est-ce
qu'il est en moi de vous refuser quelque chose ? — La sœur Sainte-Thérèse... — J'entends Je suis très-mé-
contente d'elle ; mais Sainte-Suzanne
intercède, et je lui fais grace : allez lui
dire qu'elle peut entrer.... — J'y cou-
rus. La pauvre petite sœur attendoit à
la porte ; je lui dis d'avancer, elle le
fit en tremblant, elle avoit les yeux
baissés ; elle tenoit un long morceau de
mousseline attaché sur un patron qui
lui échappa des mains au premier pas ;

je

je le ramassai, je la pris par un bras et la conduisis à la supérieure. Elle se jetta à genoux, elle saisit une de ses mains qu'elle baisa en poussant quelques soupirs et versant une larme; puis elle s'empara d'une des miennes qu'elle joignit à celle de la supérieure, et les baisa l'une et l'autre. La supérieure lui fit signe de se lever et de se placer où elle voudroit : elle obéit. On servit une collation. La supérieure se leva; elle ne s'assit point avec nous, mais elle se promenoit autour de la table, posant sa main sur la tête de l'une, la renversant doucement en arrière et lui baisant le front; levant le linge de cou à une autre, plaçant sa main dessus et demeurant appuyée sur le dos de son fauteuil; passant à une troisième et laissant aller sur elle une de ses mains ou la plaçant sur sa bouche; goûtant du bout des lèvres aux choses qu'on avoit servies, et les distribuant à celle-ci, à celle-là. Après avoir cir-

culé ainsi un moment, elle s'arrêta en
face de moi, me regardant avec des
yeux très-affectueux et très-tendres;
cependant les autres les avoient baissés, comme si elles eussent craint de
la contraindre ou de la distraire, mais
sur-tout la sœur Sainte-Thérèse. La
collation faite, je me mis au clavecin,
et j'accompagnai deux sœurs qui chantèrent sans méthode, avec du goût,
de la justesse et de la voix : je chantai
aussi et je m'accompagnai. La supérieure étoit assise au pied du clavecin,
et paroissoit goûter le plus grand plaisir à m'entendre et à me voir; les
autres écoutoient debout sans rien
faire, ou s'étoient remises à l'ouvrage.
Cette soirée fut délicieuse. Cela fait,
toutes se retirèrent.

Je m'en allois avec les autres, mais
la supérieure m'arrêta. Quelle heure
est-il, me dit-elle ? — Tout-à-l'heure
six heures. — Quelques-unes de nos
discrètes vont entrer. J'ai réfléchi sur

ce que vous m'avez dit de votre sortie
de Longchamp, je leur ai communiqué
mes idées ; elles les ont approuvées , et
nous avons une proposition à vous faire.
Il est impossible que nous ne réus-
sissions pas , et si nous réussissons ,
cela fera un petit bien à la maison et
quelque douceur pour vous... → A six
heures les discrètes entrèrent : la discrétion des maisons religieuses est
toujours bien décrépite et bien vieille.
Je me levai , elles s'assirent , et la
supérieure me dit : sœur Sainte-Suzanne , ne m'avez-vous pas appris que
vous deviez à la bienfaisance de M. Manouri la dot qu'on vous a faite ici ? —
Oui , chère mère. — Je ne me suis
donc pas trompée , et les sœurs de
Longchamp sont restées en possession
de la dot que vous leur avez payée
en entrant chez elles ? — Oui , chère
mère. — Elles ne vous en font point
de pension ? — Non , chère mère. —
Elles ne vous en ont rien rendu ? —

Non, chère mère. — Cela n'est pas
juste : c'est ce que j'ai communiqué à
nos discrètes, et elles pensent comme
moi, que vous êtes en droit de demander contr'elles, ou que cette dot
vous soit restituée au profit de notre
maison, ou qu'elles vous en fassent
la rente. Ce que vous tenez de l'intérêt
que M.* Manouri a pris à votre sort,
n'a rien de commun avec ce que les
sœurs de Longchamp vous doivent :
ce n'est point à leur acquit qu'il a
fourni votre dot. — Je ne le crois pas ;
mais pour s'en assurer, le plus court
est de lui écrire. — Sans doute ; mais
au cas que sa réponse soit telle que
nous la désirons, voici les propositions
que nous avons à vous faire : nous en-
treprendrons le procès en votre nom
contre la maison de Longchamp ; la
nôtre fera les frais, qui ne seront pas
considérables, parce qu'il y a bien de
l'apparence que M. Manouri ne refu-
sera pas de se charger de cette affaire;

et si nous gagnons , la maison partagera avec vous moitié par moitié le
fonds ou la rente. Qu'en pensez-vous ,
chère sœur ? vous ne répondez pas ,
vous rêvez. — Je rêve que ces sœurs
de Longchamp m'ont fait beaucoup
de mal, et que je serois au désespoir
qu'elles imaginassent que je me venge.
— Il ne s'agit pas de se venger, il
s'agit de redemander ce qui est dû.
— Se donner encore une fois en spec-
tacle ! — C'est le plus petit inconvénient, il ne sera presque pas question
de vous. Et puis cette communauté est
pauvre, et celle de Longchamp est
riche. Vous serez notre bienfaitrice ,
du moins tant que vous vivrez, nous
n'avons pas besoin de ce motif pour
nous intéresser à votre conservation ,
nous vous aimons toutes.... Et toutes
les discrètes à-la-fois : et qui est-ce
qui ne l'aimeroit pas ? Elle est par-
faite.... Je puis cesser d'être d'un moment à l'autre, une autre supérieure

n'auroit pas peut-être pour vous les mêmes sentimens que moi : ah ! non sûrement, elle ne les auroit pas. Vous pouvez avoir de petites indispositions, de petits besoins ; il est fort doux de posséder un petit argent dont on puisse disposer pour se soulager soi-même ou pour obliger les autres. — Chères mères, leur dis-je, ces considérations ne sont pas à négliger, puisque vous avez la bonté de les faire ; il y en a d'autres qui me touchent davantage, mais il n'y a point de répugnance que je ne sois prête à vous sacrifier. La seule grace que j'aie à vous demander, chère mère, c'est de ne rien commencer sans en avoir conféré en ma présence avec M. Manouri. — Rien n'est plus convenable. Voulez-vous lui écrire vous-même ? — Ce sera, chère mère, comme il vous plaira. — Ecrivez-lui, et pour ne pas revenir deux fois là-dessus, car je n'aime pas ces sortes d'affaires, elles m'en-

nuient à périr, écrivez-lui à l'instant.
—On me donna une plume, de l'encre
et du papier, et sur-le-champ je
priai M. Manouri de vouloir bien
se transporter à Arpajon aussi-tôt
que ses occupations le lui permet-
troient, que j'avois besoin encore de
ses secours et de son conseil dans une
affaire de quelque importance, etc.
Le concile assemblé lut cette lettre,
l'approuva, et elle fut envoyée.

M. Manouri vint quelques jours
après. La supérieure lui exposa ce
dont il s'agissoit; il ne balança pas un
moment à être de son avis; on traita
mes scrupules de ridiculités; il fut
conclu que les religieuses de Longchamp seroient assignées dès le lendemain. Elles le furent; et voilà que,
malgré que j'en aie, mon nom reparoît
dans des mémoires, des factums, à
l'audience, et cela avec des détails,
des suppositions, des mensonges et
toutes les noirceurs qui peuvent ren-

dre une matière défavorable à ses juges et odieuse aux yeux du public. Mais, monsieur le marquis, est-ce qu'il est permis aux avocats de calomnier tant qu'il leur plaît? Est-ce qu'il n'y a point de justice contre eux? Si j'avois pu prévoir toutes les amertumes que cette affaire entraîneroit, je vous proteste que je n'aurois jamais consenti à ce qu'elle s'entamât. On eut l'attention d'envoyer à plusieurs religieuses de notre maison les pièces qu'on publia contre moi. A tout moment elles venoient me demander les détails d'évènemens horribles qui n'avoient pas l'ombre de la vérité; plus je montrois d'ignorance, plus on me croyoit coupable; parce que je n'expliquois rien, que je n'avouois rien, que je niois tout, on croyoit que tout étoit vrai; on sourioit, on me disoit des mots entortillés, mais très-offensans; on haussoit les épaules à mon innocence. Je pleurois, j'étois désolée.

Mais une peine ne vient jamais seule. Le tems d'aller à confesse arriva. Je m'étois déjà accusée des premières caresses que ma supérieure m'avoit faites, le directeur m'avoit très-expressément défendu de m'y prêter davantage ; mais le moyen de se refuser à des choses qui font grand plaisir à une autre dont on dépend entièrement, et auxquelles on n'entend soi-même aucun mal !

Ce directeur devant jouer un grand rôle dans le reste de mes mémoires, je crois qu'il est à propos que vous le connoissiez.

C'est un cordelier ; il s'appelle le père Lemoine ; il n'a pas plus de quarante-cinq ans. C'est une des plus belles physionomies qu'on puisse voir ; elle est douce, sereine, ouverte, riante, agréable quand il n'y pense pas ; mais quand il y pense, son front se ride, ses sourcils se froncent, ses yeux se baissent et son maintien devient austère. Je

ne connois pas deux hommes plus différens que le père Lemoine à l'autel,
et le père Lemoine au parloir ; et le
père Lemoine au parloir seul, ou en
compagnie. Au reste, toutes les personnes religieuses en sont là, et moi-
même je me suis surprise plusieurs fois
sur le point d'aller à la grille, arrêtée
tout court, rajustant mon voile, mon
bandeau, composant mon visage, mes
yeux, ma bouche, mes mains, mes
bras, ma contenance, ma démarche,
et me faisant un maintien et une modestie d'emprunt qui duroit plus ou
moins, selon les personnes avec les-
quelles j'avois à parler. Le père Lemoine est grand, bien fait, gai, très-
aimable quand il s'oublie ; il parle à
merveille ; il a dans sa maison la réputation d'un grand théologien, et
dans le monde celle d'un grand pré-
dicateur : il converse à ravir : c'est un
homme très-instruit d'une infinité de
connoissances étrangères à son état :

il a la plus belle voix, il sait la musique, l'histoire et les langues; il est
docteur de Sorbonne. Quoiqu'il soit
jeune, il a passé par les dignités prin-
cipales de son ordre. Je le crois sans
intrigues et sans ambition, il est aimé
de ses confrères. Il avoit sollicité la
supériorité de la maison d'Etampes
comme un poste tranquille, où il pourroit se livrer sans distractions à quelques études qu'il avoit commencées,
et on la lui avoit accordée. C'est une
grande affaire pour une maison de religieuses que le choix d'un confesseur:
il faut être dirigée par un homme important et de marque. On fit tout
pour avoir le père Lemoine, et on
l'eut du moins par extraordinaire.

On lui envoyoit la voiture de la
maison la veille des grandes fêtes; et
il venoit. Il falloit voir le mouvement que son attente produisoit dans
toute la communauté; comme on étoit
joyeuse, comme on se renfermoit,

comme on travailloit à son examen, comme on se préparoit à l'occuper le plus long – tems qu'il seroit possible.

C'étoit la veille de la Pentecôte, il étoit attendu. J'étois inquiète, la supérieure s'en apperçut, elle m'en parla. Je ne lui cachai point la raison de mon souci, elle m'en parut plus alarmée encore que moi, quoiqu'elle fit tout pour me le céler. Elle traita le père Lemoine d'homme ridicule, se moqua de mes scrupules, me demanda si le père Lemoine en savoit plus sur l'innocence de ses sentimens et des miens que notre conscience, et si la mienne me reprochoit quelque chose. Je lui répondis que non. Eh bien ! me dit-elle, je suis votre supérieure, vous me devez l'obéissance, et je vous ordonne de ne lui point parler de ces sottises. Il est inutile que vous alliez à confesse, si vous n'avez que des bagatelles à lui dire.

Cependant

Cependant le père Lemoine arriva, et je me disposois à la confession, tandis que de plus pressées s'en étoient emparées. Mon tour approchoit, lorsque la supérieure vint à moi, me tira à l'écart, et me dit : Sainte-Suzanne, j'ai pensé à ce que vous m'avez dit, retournez-vous-en dans votre cellule, je ne veux pas que vous alliez à confesse aujourd'hui. — Et pourquoi, lui répondis-je, chère mère ? C'est demain un grand jour, c'est jour de communion générale : que voulez-vous qu'on pense, si je suis la seule qui n'approche point de la sainte table ? — N'importe, on dira tout ce qu'on voudra, mais vous n'irez point à confesse. — Chère mère, lui dis-je, s'il est vrai que vous m'aimiez, ne me donnez point cette mortification, je vous le demande en grace. Non, non, cela ne se peut ; vous me feriez quelque tracasserie avec cet homme-là, et je n'en veux point avoir. —

Non, chère mère, je ne vous en ferai
point.—Promettez-moi donc... Cela est
inutile, vous viendrez demain matin
dans ma chambre, vous vous accuserez
à moi : vous n'avez commis aucune faute
dont je ne puisse vous réconcilier, et
vous absoudre, et vous communierez
avec les autres. Allez.... — Je me re-
tirai donc, et j'étois dans ma cellule,
triste, inquiète, rêveuse, ne sachant
quel parti prendre, si j'irois au père
Lemoine, malgré ma supérieure, si
je m'en tiendrois à son absolution le
lendemain, et si je ferois mes dévotions
avec le reste de la maison, ou si je
m'éloignerois des sacremens, quoi
qu'on en pût dire. Lorsqu'elle rentra,
elle s'étoit confessée, et le père Lemoine lui avoit demandé pourquoi il
ne m'avoit point apperçue, si j'étois
malade ; je ne sais ce qu'elle lui avoit
répondu, mais la fin de cela, c'est
qu'il m'attendoit au confessionnal.
Allez-y donc, me dit-elle, puisqu'il

le faut, mais assurez – moi que vous
vous tairez. J'hésitois, elle insistoit :
eh ! folle, me disoit – elle, quel mal
veux-tu qu'il y ait à taire ce qu'il n'y
à point eu de mal à faire ? — Et quel
mal y a-t-il à le dire, lui répondis-
je ? — Aucun, mais il y a de l'inconvénient. Qui sait l'importance que cet
homme peut y mettre ? Assurez-moi
donc... — Je balançai encore ; mais
enfin, je m'engageai à ne rien dire,
s'il ne me questionnoit pas, et j'allai.

Je me confessai, et je me tus, mais
le directeur m'interrogea, et je ne
dissimulai rien. Il me fit mille de-
mandes singulières, auxquelles je ne
comprends rien encore, à présent que
je me les rappelle. Il me traita avec
indulgence, mais il s'exprima sur la
supérieure dans des termes qui me
firent frémir ; il l'appella indigne, li-
bertine, mauvaise religieuse, femme
pernicieuse, femme corrompue, et
m'enjoignit, sous peine de péché mor-

tel , de ne me trouver jamais seule
avec elle, et de ne souffrir aucune de
ses caresses. — Mais, mon père, lui
dis-je, c'est ma supérieure, elle peut
entrer chez moi , m'appeller chez elle
quand il lui plaît.—Je le sais, je le sais,
et j'en suis désolé. Chère enfant, me dit-
il, loué soit Dieu qui vous a préservée jusqu'à présent. Sans oser m'expliquer avec
vous plus clairement, dans la crainte
de devenir moi-même le complice de
votre indigne supérieure , et de faner,
par le soufle empoisonné qui sortiroit
malgré moi de mes lèvres, une fleur
délicate qu'on ne regarde fraîche et
sans tache jusqu'à l'âge où vous êtes,
que par une protection spéciale de la
providence ; je vous ordonne de fuir
votre supérieure, de repousser loin de
vous ses caresses, de ne jamais entrer
seule chez elle, de lui fermer votre
porte , sur-tout la nuit, de sortir de
votre lit si elle entre chez vous mal-
vous , d'aller dans le corridor,

d'appeller s'il le faut, de descendre toute nue jusqu'au pied des autels, de remplir la maison de vos cris, et de faire tout ce que l'amour de Dieu, la crainte du crime, la sainteté de votre état, et l'intérêt de votre salut vous inspireroient, si Satan en personne se présentoit à vous et vous poursuivoit ; oui, mon enfant, Satan, c'est sous cet aspect que je suis contraint de vous montrer votre supérieure ; elle est enfoncée dans l'abîme du crime, elle cherche à vous y plonger, et vous y seriez déjà peut-être avec elle, si votre innocence même ne l'avoit remplie de terreur et ne l'avoit arrêtée.... Puis levant les yeux au ciel, il s'écria : mon Dieu ! continuez de protéger cette enfant... Dites avec moi : *Satana*, *vade retrò* ; *apage*, *Satana*. Si cette malheureuse vous interroge, dites-lui tout, répétez-lui mon discours ; dites-lui qu'il vaudroit mieux qu'elle ne fût pas née, ou qu'elle se précipitât seule aux enfers par une mort violente. — Mais, mon père, lui répliquai-je, vous l'avez entendu elle-même tout-à-l'heure ? — Il ne me répondit rien ; mais poussant un soupir profond, il porta ses bras contre un des parois du confessionnal, et appuya sa tête dessus comme un homme pénétré de douleur ; il demeura quelque tems dans cet état. Je ne savois que penser, les genoux me trembloient, j'étois dans un trouble, un désordre qui ne se conçoit pas. Tel seroit un voyageur qui marcheroit dans les ténèbres, entre des précipices qu'il ne verroit pas, et qui seroit frappé de tous côtés par des voix qui lui crieroient : c'est fait de toi !...... Me regardant ensuite avec un air tranquille, mais attendri, il me dit : avez-vous de la santé ? — Oui, mon père. — Ne seriez-vous point trop incommodée d'une nuit que vous passeriez sans dormir ? — Non, mon père. — Et bien ! me dit-il, vous ne

vous coucherez point celle-ci : aussi-
tôt après votre collation vous irez dans
l'église , vous vous prosternerez au
pied des autels, vous y passerez la
nuit en prières, vous ne savez pas le
danger que vous avez couru , vous
remercierez Dieu de vous en avoir
garantie , et demain vous approcherez
de la sainte table avec toutes les autres religieuses. Je ne vous donne pour
pénitence que de vous tenir loin de
votre supérieure , et que de repousser
ses caresses empoisonnées. Allez. Je
vais de mon côté unir mes prières aux
vôtres. Combien vous m'allez causer
d'inquiétudes ! Je sens toutes les suites
du conseil que je vous donne , mais je
vous le dois, et je me le dois à moi-
même. Dieu est le maître , et nous
n'avons qu'une loi.

FIN DU SECOND VOLUME.

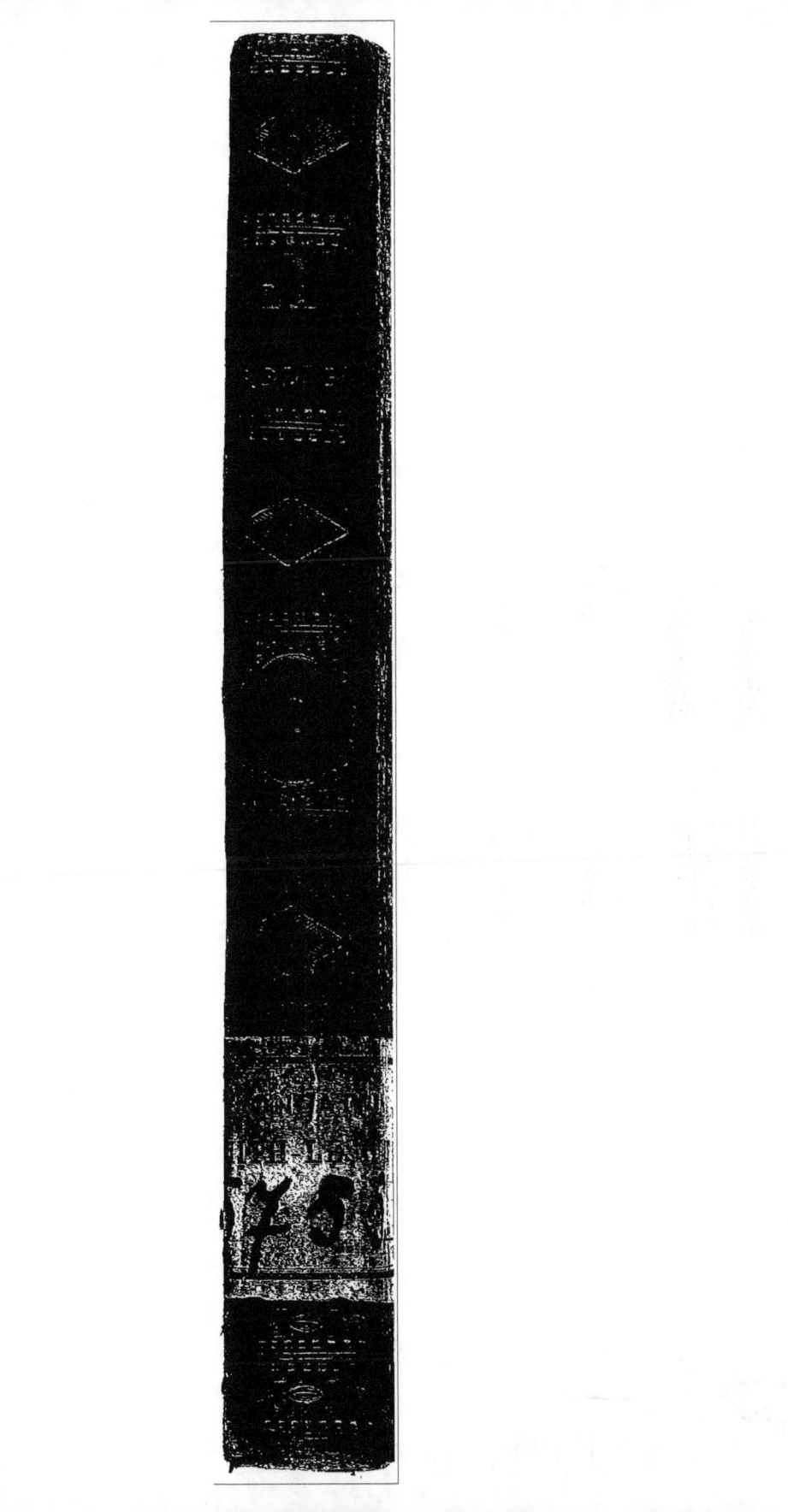

www.ingramcontent.com/pod-product-compliance
Lightning Source LLC
Chambersburg PA
CBHW070906030726
47504CB00005B/1484